KB267751

SWORD SLAYER

소드 슬레이어

FANTASY FRONTIER SPIRIT

류연 판타지 장편 소설

소드 슬레이어 2

류연 판타지 장편 소설

초판 1쇄 찍은 날 § 2011년 9월 22일
초판 1쇄 펴낸 날 § 2011년 9월 29일

지은이 § 류 연
펴낸이 § 서경석

편집부장 § 권태완
편집책임 § 박우진

펴낸곳 § 도서출판 청어람
등록번호 § 제1081-1-89호
등록일자 § 1999. 5. 31
어람번호 § 제1-1274호

주소 § 경기도 부천시 원미구 심곡2동 163-2 서경B/D 3F (우) 420—822
전화 § 032-656-4452 팩스 § 032-656-4453
http://www.chungeoram.com
E-mail § chungeoram@chungeoram.com

ISBN 978-89-251-2635-7 04810
ISBN 978-89-251-2633-3 (세트)

SWORD SLAYER

FANTASY FRONTIER SPIRIT

류연 판타지 장편 소설

CONTENTS

Chapter 12
이상현상

아서는 가이진을 향해 검을 겨눴다.

부우웅—

그의 손에 들린 검이 울림소리를 내며 붉게 물들어갔다.

"여튼, 그거 다 끝났으면 이제 그만 덤비지?"

"크어어어!"

몸집이 커진 만큼 가이진은 알 수 없는 괴성을 지르며 아서를 향해 맹렬한 기세로 달려들었다.

푸욱—!

아서의 검이 너무나도 손쉽게 가이진의 어깨를 찔렀다.

"크어어어!!"

[야, 피해라!]

"!!"

쉬잉—!!

하나 어깨에 칼을 맞았음에도 가이진이 휘두르는 검의 위력은 줄지 않았다. 아니, 오히려 성난 황소처럼 그는 더욱 크고 강하게 검을 휘둘러 댔다.

파바밧!

날카로운 풍압을 동반한 주먹만 한 돌덩이들이 아서를 향해 매섭게 날아들었다.

타앙! 탁! 탁! 탁!

아서의 검이 현란한 궤적을 그리며 움직였다.

파악—!

날아든 것들 중, 주먹만 한 것들은 냅다 발로 차 가이진에게 도로 날렸다. 그러나 가이진은 꿈쩍도 하지 않고 날아든 돌덩이를 몸으로 받아냈다.

[오! 터프한데?]

그 모습에 비안이 휘파람을 날렸다.

"크어어!"

피슝—!

커다란 가이진의 검이 아슬아슬하게 아서의 이마 위를 스쳐 지나간다.

피빗—!

　살짝 살이 베어져 나가며 아서의 이마 위로 작은 핏방울이
맺혔다.

　사악!

　아서는 가이진의 검이 이마 위를 스쳐 지나감과 동시에 몸
을 회전시켜 그의 다리에 검상을 입히곤 뒤로 물러섰다.

　파직—!!

　아서의 검이 또 한 번 균열을 일으키며 부서졌다.

　"칫!"

　마나 소드를 견디지 못한 것이다.

　"크워어어!"

　쾅—!!

　아서는 또다시 날아드는 가이진의 공격을 피해 멀찌감치
뒤로 물러섰다. 검이 부서져 내린 것만 벌써 세 번째였다. 마
나 소드의 운용은 이제 어느 정도는 가능했다. 하지만 검이
문제다.

　벌써 세 번째 검이 부서졌다.

　시선을 내려 바닥을 훑어보지만 이젠 온전해 보이는 검을
찾기가 어려울 정도다. 게다가 몸집을 크게 부풀린 가이진은
말 그대로 황소였다.

　조금의 멈추는 기색도 없이 그는 아서에게 계속해 돌진했
다. 눈앞을 나무가 가로막으면 나무를 부러뜨렸고 바위가 있
으면 바위를 부서뜨렸다.

그야말로 이성을 버리고 아서에게만 집중하는 괴물이 되어버렸다. 당장 맞설 검을 구하지 못하는 아서에겐 더 골치 아픈 일이었다.

쉬웅―!

또 한 번 그의 검이 아슬아슬하게 아서의 어깨를 스쳤다.

피빗―!

"큭!"

워낙 강한 공격이었기에 풍압만으로도 어깻죽지가 베여 아려온다.

"크아!!"

"이제! 그만 좀!!"

빽―!!

몸을 돌려 날린 아서의 발차기가 정확히 가이진의 안면을 강타했다. 하지만 목이 반쯤 돌아갔음에도 가이진은 또다시 손을 뻗어 아서를 잡아채려 했다.

휘릭―!

아서는 재빨리 가이진의 안면을 걷어찬 힘으로 뒤로 물러섰다.

척!

바닥에 내려서자마자 온전해 보이는 마지막 검을 잡아 들었다. 이로써 네 번째다.

부우웅―

검을 잡은 팔에 마나를 집중시켰다.

"어?"

동시에 아서의 몸이 휘청거렸다.

'갑자기… 몸에 힘이 안 들어가……?'

체력의 한계일까? 게다가 엎친 데 덮친 격으로 순간적으로 눈앞이 검게 물들었다.

"크어어!"

가이진이 포효하듯 괴성을 지르며 달려들었다.

아서 또한 붉게 물드는 검을 들고 가이진을 향해 내달렸다. 가이진은 정면으로 달려드는 아서를 반으로 쪼개 버릴 듯 핏대 선 팔을 휘둘렀다.

"하앗!"

동시에 아서 또한 붉게 물든 검을 하늘 위로 쳐 올렸다.

스악ㅡ!

소름 돋는 소리가 지나가고,

촤악ㅡ!

비릿한 피가 하늘 위로 솟구쳐 올랐다.

"크아아!"

고통에 찬 가이진의 비명이 하늘을 뒤흔들었다.

너무나 반듯하게 잘린 그의 팔은 바닥에 떨궈져 있었다.

"아서… 란펠지!!"

가이진은 떨어진 팔을 주워 들곤 매섭게 아서를 노려보았다. 아서 또한 말없이 가이진을 바라보고 있었다.

하지만 아서는 가이진을 향해 달려들지 않았다. 조용히 검을 들어 그를 가리킨 채 미동조차 하지 않았다.

[아, 아서님의 상태가 뭔가 이상합니다.]

아서를 바라보던 크리스가 낮은 목소리로 입을 열었다.

[엥? 어디가?]

[눈이 풀렸어……. 제기랄.]

아서의 두 눈에 점점 초점이 사라지고 있었다.

"반드시… 널 죽여 버릴 테다!!"

다행히도 가이진은 이를 갈곤 몸을 돌려 그대로 달아났다.

[휴, 다행……?!]

탓—!

펠이 안도의 한숨을 다 내뱉지도 않았는데 아서가 곧장 가이진을 쫓아들었다.

[안 됩니다! 멈추세요!]

크리스가 곧장 아서 앞을 막아서며 두 팔을 벌려보았으나 아서는 그대로 크리스의 몸을 통과해 가이진의 뒤를 따랐다.

[뭐, 뭐야 왜 저래?!]

[제길! 제정신이 아니군!]

펠과 비안도 덩달아 아서의 뒤를 따라 달려야 했다.

촤자작—!

거친 수풀이 아서의 얼굴을 때린다.

점점 멀어져 가는 가이진을 뒷모습만 보였다.

'놓치면 안 돼……. 그를 놓치면 안 돼!'

뜨득—!

검을 잡은 아서의 손아귀에 힘이 들어간다. 아서는 달리던 그대로, 오른 다리에 실은 체중을 곧장 왼 다리에 옮겨 바닥을 찍었다.

콰악—!

동시에 아서의 몸이 활처럼 크게 휘었다.

"하앗!"

날 선 기합을 내뱉은 아서는 있는 힘껏 멀어져 가는 가이진을 향해 검을 내던졌다.

파바밧—!

아서가 내던진 검은 엄청난 기세로 눈앞을 가로막는 나뭇가지와 잎사귀를 쳐 날리며 가이진을 향해 날아갔다. 이런 기세면 가이진을 그대로 두 동강 낼 수도 있을 것만 같았다.

카앙—!!

아서의 검이 가이진의 등짝에 박히려는 찰나, 수풀을 뚫고 나온 무언가가 아서의 검을 공중에서 박살 내버렸다.

후두둑—!

부서진 검의 잔해가 애꿎은 나무들에 박혀들었다.

"돌아가라."

동시에 음산한 목소리가 숲 안에 퍼졌다.

"조바심 내지 말지어다. 가이진의 이름으로 복수를 잇는 자가 너를 끝없이 찾아갈 것이다."

일종의 경고였다. 그러나 아서의 눈엔 오직 가이진의 멀어지는 뒷모습만이 자리하고 있었다.

[아서님! 멈추십시오!!]

촤악—!

다행히도 크리스의 외침에 아서가 반응했다.

아서는 자리에 우뚝 섰다. 그리곤 갑자기 사방을 두리번거렸다.

"내가… 지금……."

[야! 너 왜 그래?!]

곧장 도착한 펠과 비안이 걱정스런 얼굴로 아서를 돌아보았다. 그리곤 아서의 영문 몰라 하는 표정을 보곤 입을 다물었다.

음산한 목소리는 들려오지 않았다. 아마도 그들이 보기엔 아서가 자신들의 말을 이해하고 추적을 포기한 것으로 간주한 것 같았다.

아서에게는 천만다행이었다.

"내가… 정신을 놓았었나?"

[여기까지 뛰어온 놈이 그걸 모른다니. 허…….]

그를 살펴보던 크리스와 비안이 서로를 마주 보며 끄덕였다.

[투쟁심이 정신을 이겼구만…….]

두 사람은 그리 결론 내렸지만 펠은 이해가 되지 않았다.

[잘 싸우다가 갑자기 왜?]

[갑작스레 체력의 한계가 찾아온 듯합니다. 워낙 오랜 시간을 싸우시기도 하고 마나 소드를 계속해서 구사했으니…….]

[그러니까 갑자기 쌩쌩하던 애가 왜?]

버릇처럼 비안이 담배를 꺼내 입에 물려던 찰나, 그의 입에 물렸던 담배가 떨어져 내렸다.

[야, 펠…….]

[어?]

이미 펠을 바라보는 크리스의 두 눈은 굳어 있었다. 비안은 딱딱하고 조심스런 어투로 말을 이었다.

[…너 다리 어쨌냐?]

[뭔 소리야 갑자기…….]

천천히 아래로 향하던 펠의 시선과 함께 그의 목소리도 점차 커진다.

[어?! 어?! 어어? 내 다리! 내 다리 어딨어?! 어? 어어?!]

다리가 있어야 할 부분이 지우개로 지워진 듯 보이지 않자 그는 놀라 비명을 질러댔다.

[우어어어! 내 다리 어디 갔어!! 우어어어!]

Chapter 13
죄악감

아서는 다시 체드와 그의 동생들이 기다리는 집으로 돌아왔다. 그의 얼굴은 눈에 띌 정도로 창백하게 변해 있었다.

휘청이는 걸음걸이, 점점 가빠오는 숨.

[아무리 봐도 지금의 아서는 뭔가 이상해.]

[그렇습니다. 갑작스레 체력이 이렇게 빠진다는 것 자체가……. 펠 말대로 앞뒤 상황이 맞지 않습니다.]

비안과 크리스는 금세라도 쓰러질 듯하는 아서를 보며 저마다 불안해서 얘기를 주고받았다.

[야! 지금 가장 급한 건 나야! 다리가 안 생긴다니까?! 게다가 지금은 허리까지 희미해지려고 해!]

펠은 여전히 다리가 생겨나지 않아 안절부절못하고 있었다.

[정말이지 이상하군요!]

[으어어! 이거! 걷는데 걷는 거 같지가 않아!]

계속해서 비명을 지르는 펠에게 비안이 꽥 소리를 질렀다!

[시꺼!! 원래 둥둥 떠다녔잖아!]

[뭣이?! 내가 사라진 다음엔 너희들이 사라질 거야! 각오해!!]

[그딴 소리 하지 마!]

떽떽거리곤 있지만 크리스도 비안도 내심 불안하긴 마찬가지였다. 두 사람은 뭔가 마음속에 걸리는 것이 있는 듯 보였다.

지금은 자신의 상태에 당황한 펠이었지만 아마 그가 이쪽에선 가장 전문가이기도 할 것이다. 어느새 문을 열고 들어선 아서는 언제 그리 비틀거렸냐는 듯 당당한 걸음으로 체드 앞에 섰다.

"내가… 내가 사람을 죽였어……."

체드는 아서가 들어왔음에도 두 손으로 머리를 감싸쥐고 계속해 무엇인가를 읊조리고 있었다.

"또다시 사람에게… 상처를 입혔어……."

체드의 떨리는 손을 아서가 잡아 쥐었다.

"아, 기사님……."

아서의 따스한 온기에 체드는 고개를 들어 아서를 바라보았다. 그의 눈망울엔 작은 물기가 자리하고 있었다.

"너 자신을 자책할 필요는 없어."

아서는 최대한 부드럽게 어린아이를 달래듯 말을 이었다.

머리는 아직도 어지러웠다.

체드의 손을 쥐고 있는 것인지 얹어놓은 것인지 모를 정도로 몸 안에 힘이 없었다. 그럼에도 아서는 눈물짓는 체드를 그냥 놔둘 수 없었다.

예전의 자신 또한 누군가의 목숨을 해하였다는 것에 슬퍼하고 오열했던 시간이 떠올랐기 때문이다.

시간이 분명 약이 되어 그가 나아갈 방향을 줄 것이다. 하지만 올바른 길로 인도해 줄 사람이 없다면 단순한 살인자가 되는 수가 많았다. 그것이 아니라면 삶의 의욕을 잃고 자괴감에 빠져 평생을 사는 수도 있었다.

누군가의 목숨을 빼앗는다는 건 무슨 이유를 가져다 붙여도 변하지 않는 '죄악감'.

적어도 그러한 사실로 미치지 않기 위해선 자신만의 길을 가져야 했다. 그것이 '대의'라 불리는 것이고 그것이 바로 '정당성'과 '신념'이라 불리는 것들이었다.

"체드, 소중한 것을 지키기 위한 세 가지를 알고 있어?"

"……."

체드는 쉽사리 대답하지 못했다. 대부분의 사람들이 떠올리는 그런 이야기 또한 아서가 말하려는 답이 아니었다.

"명검도, 권력도, 재물도 아니야."

“······.”

체드는 물론이요, 그의 동생들까지 조용히 아서의 말을 듣고 있었다. 아서가 천천히 입술을 뗐다.

“소중한 것을 지키기 위한 각오가 첫 번째.”

그의 목소리가 거의 무너지다시피 한 집 안을 채웠다.

“각오를 다질 수 있는 끈기가 두 번째.”

체드가 바라보는 아서의 눈은 흔들림이 없었다.

“마지막으로 그것을 행할 수 있는 마음이 필요하지.”

저도 모르게 아서의 말이 진리인 양 체드의 머릿속을 파고들었다. 아서는 미처 깨닫지 못했으나 인간이 극한 상황에 몰려 있을 때 구원의 손을 내밀어주는 이가 사상을 펼친다면 그 사상은 구원받는 이에게 있어 하나의 인생 지침서 역할을 하기도 한다.

바로 지금이 그랬다.

“그 마음은 상처받는 것이 두려워 안으로 숨어버리면 영영 찾을 수 없다. 네게 동생들을 지키고 싶은 각오와 끈기가 있어도 행하고자 하는 마음을 꺼내지 못한다면 그것은 무용지물이 되고 말아.”

다행히도 아서의 이야기는 사람이 빗나가는 길을 제시하는 말이 아니었다. 그저 작은 용기와 각오가 있어야 동생들을 안전하게 지킬 수 있다는 말이었으니까.

체드는 떨어지려던 눈물을 훔쳤다.

그리곤 단단히 각오된 얼굴로 아서를 향해 고개를 끄덕여 보였다.

마치 구석에 웅크리고 앉아 있던 아이가 일어서 당당히 밖으로 나가는 것처럼 체드의 얼굴에선 근심이나 초조함, 불안감들이 사라진 듯 보였다.

[흠. 나쁘지 않은 연설이었다.]

[좋은 말씀이십니다.]

비안과 크리스 또한 아서의 말에 감탄을 보였다.

[뭐, 틀린 말은 아니니까.]

계속해서 다리 타령만 하던 펠도 그때만큼은 아서의 이야기를 진지하게 경청하고 있었다.

털썩—

"기사님!"

흐뭇한 표정으로 동생들을 얼싸안는 체드를 보며 미소 짓던 아서가 정신을 잃고 쓰러지기 전까진 말이다.

[이런 젠장!]

[아서님!!]

펠의 목소리가 점점 흐려지는 아서의 의식 속에 아련한 느낌으로 다가왔다.

[야! 정신차려 봐! 야! 아서 란펠지!!]

＊　　　＊　　　＊

[야, 아서 깼다.]

[중세를 보니까 탈진인 거 같던데.]

[그러니까 내 생각엔 이놈이 탈진한 게 우리가 시공 회귀할 때…….]

[어? 다시 잔다……. 잔다.]

[그래도 큰일난 게 아니니까 우선은 쉬게 놔두…….]

몽롱한 정신에서 익숙한 세 영혼의 목소리를 들으며 아서는 또 한 번 깊은 잠에 빠져들었다.

"으음……."

그가 다시 잠에서 깨어났을 때 그에 눈에 들어온 것은 자신을 걱정스런 얼굴로 내려다보는 체드와 그의 동생들이었다. 늘 곁에 있던 펠과 비안, 크리스는 모습이 보이지 않았다.

"정신이 드세요?!"

체샤는 급히 물이 가득 담긴 잔을 아서에게 건넸다.

아서는 재빨리 컵을 받아 들고는 물을 벌컥벌컥 들이켰다.

꿀꺽― 꿀꺽―

급하게 들이켠 탓에 물이 목을 타고 흘렀지만 그는 손으로 쓱 닦아내고 말았다. 목을 축이고 나서야 정신을 차렸는지 아서는 그제야 말문을 텄다.

"내가 왜……."

아무리 생각해도 영문 모를 일이었다.

"숲을 달렸다가 크리스의 목소리가 들리고… 눈앞에 체드가 울고 있다가… 그리고 나선 기억이… 없어."

갑작스러울 정도로 피곤함이 몰려와 저도 모르게 정신을 놓은 것 같았다. 하지만 체력적인 문제는 가이진과 싸울 때도 그리 심하다 느끼지 않았다. 오히려 마나 소드를 연속해서 쓸 정도로 단련해 온 자신이 아니던가.

[마나의 소모가 너무 커서 체력이 버텨내지 못한 거야.]

펠의 목소리다.

어느새 벽을 통해 집 안으로 들어온 세 영혼은 아서 주변을 둘러쌌다.

"체드, 잠시 생각을 정리할 시간을 주지 않겠어?"

"예? 예!"

"그리고 내가 혼잣말을 하더라도 버릇이니까 놀라지는 마."

"아! 예, 그건 이제 알 것 같아요."

"고마워."

체드와 체샤는 걱정스런 얼굴로 아서를 바라보는 동생들에게 돌아갔다. 펠의 말을 들어보자니 두 사람 앞에서 정신병자처럼 굴 수는 없지 않은가.

"마나의 소모가 너무 컸다고?"

아서가 묻자 크게 숨을 들이쉰 펠이 입을 열었다.

[이제부터 설명해 줄 테니 잘 들어. 우선적으로 우리가 너무 간과한 것이 있었어. 바로 너를 매개체로 우리가 시공 회

귀를 했을 때, 너의 역량을 생각해 보지 않고 무작정 같이 넘어간 것이 문제야. 처음 넘어갔을 때는 내가 모은 마나가 너의 몸에 잔류해 있어서 별문제가 없었던 것 같아. 그렇지만 몇 년이 지나는 동안 우리가 이런 모습으로 네 곁에 계속 붙어 있고. 네가 마나 소드를 쓰면서 급격히 몸 안에 축적되어 있던 커다란 마나는 빠져나갔고, 본래 네가 가질 만큼의 마나만 남게 된 것이지.]

질타를 하는 것인지 설명을 하는 것인지 모를 뉘앙스였지만 큰 숨을 들이마신 만큼 펠의 말은 빠르고 길었다. 게다가 아직도 끝난 게 아니었다.

[그런데 그 갈고리 놈이랑 너무 무리하게 싸우는 바람에 그릇이 텅텅 비어버린 거야! 돌이켜 보면 네가 처음 회귀한 날 피곤에 지쳐 쓰러진 것 역시 마찬가지였어. 마나가 네 몸에 자리하기 전에 우리가 나타나 버려서 급격히 체력적 부담이 확 와버렸던 거지! 지금 네가 푹 자고 일어났더니 사라졌던 내 다리 형상이 돌아왔어. 우리 셋이서 머리를 맞대보고 정황을 따져보고 전문지식을 도입한 결과! 헉헉!! 아오, 숨차다!!]

참 긴 이야기를 속사포처럼 날린 펠의 다리는 정말 원래대로 돌아와 있었다.

'내 마나와 체력적 역량이 부족하기 때문에 이런 일이 일어났다는 건가…….'

심각한 얼굴로 펠의 이야기를 경청하는 그에게 숨을 고른 펠은 꽥 소리를 질렀다.

[그러니까 빨리 강해지라고!!]

"…하, 하하하……."

아서는 힘없는 웃음을 흘렸다. 자신을 걱정스런 눈으로 바라보는 체드와 체샤는 아랑곳하지 않은 채 이불을 뒤집어쓰고는 미친 사람 마냥 웃어젖혔다.

"하하하하! 아하하하하!!"

한참을 이불 속에서 어깨를 들썩이고 난 후에야 아서가 덮었던 이불을 걷어냈다.

"그러니까 결론은 내가 약해서 이런 일이 일어났다는 거지?"

[모든 정황을 보았을 때 펠의 말이 맞습니다. 아서님의 마나 허용치가 10의 크기라고 한다면 그전에 저희와 시공 회귀하고 나서 몸 안에 잔류해 있었을 마나의 정도는 50 정도라고 봐야 하겠죠. 대략 다섯 배. 일반적으로 마나를 다루기 힘든 것을 감안한다면 1에서 시작한 아서님이 이런 단기간에 10까지 올린 것은 대단한 일이지만 소비성 마나를 다 쓰고 나서는 아무리 회복해 봐야 10의 상태를 벗어나지 못하니 말입니다.]

"그렇군."

[앞으론 운용만 신경 쓸 것이 아니라, 마나 증강 수련에 강도를 더해야겠네.]

"마나를 증강시키는 것도 가능한 건가?"

[물론 일반적으론 사람마다 그 그릇이 달라서 어느 정도가 되면 그 이상은 힘들어. 하지만 너는 나이첼의 피를 이어받았어. 그렇다면 지금이 10이라고 하더라도 점점 잠들어 있는 피의 힘을 깨어낸다면 100도 우습게 올라갈 수 있을걸? 어차피 10이라든지 100이라든지는 임의적인 수치에 불과하니까 신경 쓸 필요는 없어.]

"만약 펠, 네 마나를 수치로 따진다면 어느 정도지?"

[나?]

아서의 질문에 펠의 얼굴 가득 거만함이 피어올랐다.

[후후, 이 몸은 나이첼도 울고 갈 정도의 그릇을 지니셨던 분이지! 숫자는 내 앞에서 무의미해. 굳이 따지자면 무한대라고 할까?!]

[말은 잘한다.]

[그러게 말입니다. 카브라와 싸울 때 남은 마나는 이거뿐이야! 라고 소리치던 펠 씨였는데 말이죠.]

비안과 크리스의 핀잔에 거만한 표정은 눈 녹듯 싹 사라지고 뻘쭘한 표정만이 남았다.

[뭐, 말이 그렇다는 거지!! 자기들은 검 바보! 모시는 신 신성력 쪽 빨아먹은 빨대 성직자 주제에!!]

[검 바보 아닙니다!]

[야! 네가 줬냐?! 칼리도스님이 줬지!!]

펠의 말에 두 사람이 발끈했다.

[뭐, 결론은 마나의 배분을 생각하거나 수련없이 이대로 가다간 계속해서 쓰러질 거고. 가이진을 쫓아갔을 때처럼 정신을 놓아버리고 계속해서 네가 날뛰면… 우리들 또한 어찌 될지 모른다는 거다. 네가 정신을 차려서 잠시 다리 정도였지만. 흠.]

"…그렇군."

아서는 작게 중얼거리며 고개를 끄덕였다. 모든 상황이 이해가 간다.

"결국, 아직도 멀었다는 거군."

[멀었다기보단 더 정진하자는 것이죠.]

[그래, 크리스 말대로 네 수준이면 솔직히 인간치곤 괜찮은 편이야. 그러니 자책할 필요 없다. 그 정도로도 충분히 괜찮을 거지만 너의 경우엔 우리가 달라붙어서 뺏는 마나도 부담될 거다.]

세 영혼과 얘기를 나누던 아서는 먼발치에서 머뭇거리는 체샤와 눈이 마주쳤다.

"저……."

체샤의 손엔 작은 김을 내는 수프와 커다란 빵들이 담긴 그릇이 바구니에 들려 있었다.

아서는 입가에 미소를 그렸다.

"아, 고마워."

　도적 길드의 방해로 중단됐던 식사는 자정이 넘어서 다시 재개되었다. 그날따라 입안에 들어오는 수프와 빵이 그리도 담백하고 고소할 수 없었다.

"기사님, 정말 감사드립니다."

"아서 란펠지, 그게 내 이름이야. 그리고 기사 또한 아니고."

"그래도 저희에겐 국왕님 이상인 분이세요!"

　체샤와 체드는 밥 먹는 내내 아서에게 감사의 말을 하고 또 했다. 특히 체드는 아서를 존경 이상의 눈으로 바라보고 있었고, 체샤는 아서와 눈을 마주할 때마다 얼굴에 홍조를 띠곤 시선을 흘렸다.

　체샤 또한 또래 아이들을 놓고 본다면 빛이 날 정도로 예쁜 소녀였다. 분명 이대로 몇 년만 지나면 마을에 내로라하는 아가씨들이 체샤 앞에선 기도 못 펼 정도로 아름다울 꽃이 될 것이었다.

　[야! 세실이 있는데 자꾸 딴생각할래?]

"켁! 쿨럭! 쿨럭!"

　뜬금없는 펠의 쏘아붙임에 아서는 빵이 목에 걸려 기침을 뱉었다.

"괘, 괜찮으세요?"

"괘, 괜찮, 쿨럭!"

　아서는 목에 걸린 빵을 간신히 삼켜내곤 체드를 돌아봤다.

"체드, 물어볼 것이 있는데."

“예! 뭐든지 말씀만 하십시오!”

“하하, 그래……. 혹시 너희 길드에서 최근 새로 들어온 열쇠 같은, 뭐 그런 거 없었어?”

“열쇠? 열쇠요? 음… 열쇠라……. 아니요? 그런 건 없었는데요…….”

[야, 나이첼의 열쇠라고 열쇠 모양인 줄 알았던 거야? 열쇠 모양 아냐! 구슬 같은 모양이야, 구슬!]

“아, 아니! 열쇠 모양이 아니라 어떤 구슬 같은 건데…….”

[주먹만 한 크기의 파란색! 반쯤 투명한!]

“주먹만 한 크기에 파란색이고 반쯤 투명하고…….”

“아!!”

그제야 체드가 뭔가 생각난 듯 무릎을 탁 쳤다.

“그거라면 분명 들은 적이 있는 것 같아요!”

“그래? 그럼 길드로 가면 그걸 찾을 수 있을까?”

아서의 물음에 체드는 무거운 얼굴로 고개를 가로저었다.

“아니요, 이미 도둑맞았어요.”

“도둑맞아?”

“예, 그러니까, 음, 얼굴이랑 이름은 모르지만 끝내주는 도적 한 분이 계시는데 그분이 아마 기사님이 찾으시는 물건을 최근 가져온 것으로 알고 있어요. 그게 큰 건수라 조만간 세력이 커질 거라고 두목이 입버릇처럼 말하고 있었죠. 근데…….”

"근데… 도둑을 맞았다고?"

"도둑맞았다기보단……. 음, 강탈당했다고 해야 하나…….
음……."

"강탈? 가이진에게서?"

아서가 놀라 되물었다. 그 가이진에게서 물건을 강탈한다
고? 그 정도의 실력자가 있단 얘기인가?

"예, 키가 큰 흰머리 사내에게 거의 뺏기다시피 했다고 봐
야 해요. 그래서 두목, 아니, 가이진 그놈이 되찾으러 부하들
을 대거 끌고 갔다가 기사님이 나타나셔서 이쪽으로 다시 온
걸 거예요."

[흰머리?!]

[그럼 낮에 봤던 녀석이?]

[열쇠를 알고 강탈했다는 건?]

이번엔 세 영혼이 호들갑을 떨었다.

"열쇠가 무엇인지 알고 있다는 소리군……."

아서의 말에 세 영혼이 굳은 얼굴로 그와 눈을 마주했다.
아서의 말대로였다. 분명 열쇠의 존재를 알고 그것이 무엇에
쓰이는지 아는 자의 소행이었다. 게다가 가이진에게서 물건
을 강탈해 낼 정도의 실력자…….

[하지만 그럴 수가 없는데…….]

[이 시대에 녀석이 살아 있을 리가…….]

[아아! 대체 뭐가 뭐야!]

그들의 이야기를 들으며 아서는 쓰게 웃었다.

"일이 꼬이는 기분이 드네……."

걱정스런 투로 말을 뱉었지만 딱히 떠오르는 해결책도 없었다. 이럴 땐 몸을 최대한 편하게, 그리고 심신을 다잡아 다음날을 기약하는 편이 현명했다.

*   *   *

"그럼 다들 건강하고……."

다음날 늦은 오후가 돼서 아서는 마을을 떠났다.

"기사님! 정말 감사드립니다."

"정말정말 감사드려요. 정말."

"형아! 고맙습니다!"

체드와 체샤는 만나자마자 이별을 고하는 아서를 보며 못내 아쉬워했다.

체샤는 체드가 이제 그만 자신들에게 얽매여 사는 것을 그만두고 아서를 따라나서 좀 더 넓은 곳으로 나가길 원했다.

오전에 체드가 아서와 함께 도적 길드로 가 웬만큼의 재물을 챙겨온 것은 물론, 기존에 그에게 받은 돈도 있으니 충분히 살아가는 데 문제가 없다는 것이었다.

하지만 아서도 체드도 그녀의 말을 수긍하지 않았다.

체드는 아서의 말에서 가장 소중한 것이 무엇인지 깨달았을 것이다.

"더 이상 도망치거나 주눅든 삶을 살지 않겠습니다!"

이 마을에서 도망치지 않고 당당히 맞설 것이라 소리친 체드. 도적 길드로 아서와 체드가 나타났을 때 다른 길드원들이 사시나무처럼 벌벌 떨며 앞다투어 도망치기 바쁜 모습을 보았기에 더욱 자신이 넘쳐 보였다. 하나의 길드가 사라지면 새로운 세력이 생겨나겠지만 지금의 체드에겐 문제되지 않을 것이다.

"기사님처럼 멋진 사나이가 될 것입니다!"

체드는 때가 되면 멋진 사내가 되어 당당히 아서를 만나러 갈 것이라 호언장담했다. 아서 또한 웃으며 인연이 되면 분명 자신과 다시 만날 것이라는 말을 남기고 마을을 나섰다.

"조심히 가세요!!"

"몸 건강하시고! 언제 꼭 한번 들러주세요!!"

"형아~ 잘가아아~"

아서가 나서는 마을 어귀에서도 그 모습이 보이지 않을 정도로 먼 거리가 되었음에도 체드와 그의 동생들은 작별의 아쉬움에 계속해 손을 흔들었다.

Chapter 14
바보라 불린 남자

마을을 나선 크리스의 말이 지금의 아서의 갈 길을 정했다.

[아서님, 생각해 봤는데 이쯤에서 검을 바꾸셔야 하지 않을까요?]

크리스의 말인즉,

아서가 구사하는 마나 소드에 견딜 만한 검을 구해야 하지 않겠냐는 것이었다.

[가이진이라는 사내와 싸웠을 때의 일이 또 벌어지지 않으리란 법은 없습니다. 그때처럼 검이 여기저기 있지 않았다면 싸움은 분명 아서님이 패배했을 것입니다.]

크리스의 말이 맞았다. 펠도 그의 말에 맞장구쳤다.

[그래, 가이진이란 녀석도 복수를 다짐한 판국에 언제 네 뒤통수를 노리고 달려들지 모르는 거 아냐.]

"확실히……. 크리스의 말이 맞긴 해."

계속해서 마나 소드를 견디지 못하고 부서져 버리는 검을 들고 싸울 수 없을뿐더러, 가이진과의 싸움에서처럼 계속 검들이 바닥에 너부러져 있어 그걸주워 가며 싸울 수 있을 리 만무했다.

"확실히 지금도 어느 정도 생겼겠다……."

나름대로 알짜배기로 재물을 모아둔 도적 길드였기에 돌멩이로 채웠던 주머니는 이제 진짜 금화로 가득 차 있었다.

[이럴 줄 알았으면 좀 더 가져올 걸 그랬어.]

[아예 싹 긁어올 걸 그랬지?]

펠과 비안이 아쉬운 듯 입맛을 다셨다.

"필요 이상 가져와 버리면 그들의 화살이 남겨진 체드와 아이들에게 겨눠질 수 있어. 적당한 선에서 가져간다면 그들은 공포심에 정당한 대가를 내가 가져갔다고 생각하고 그에 수긍할 거야. 그와 동시에 체드와 체샤에게서도 손을 떼겠지. 그들을 건드리면 더 큰 손실을 볼지 모른다는 생각이 들 테니까."

[호…….]

[요즘 들어 느끼는 것이지만 네 녀석 꽤나 잔머리가 독특한 것 같다.]

"내 입으로 이런 말 하기 그렇지만 이럴 땐 '생각이 깊다'라고 하는 게 올바른 것 같은데."

그러자 펠이 호들갑을 떨었다.

[와! 생각이 깊구나! 네 녀석!]

"아니… 그러니까 그렇게 말하는 게 맞는 거 같다고…….."

[역시 아서님은 생각이 깊으십니다.]

"그만둬……."

[그래, 넌 생각이 깊은 것 같다.]

"미안……. 난 그냥 잔머리가 뛰어난 거다."

세 영혼과의 말장난 덕분에 아서는 홀로 여행하는 이 길이 전혀 외롭지 않았다. 결국 넷은 원래 목적지였던 트루발 항구로 향하는 행로를 살짝 비틀어 아서가 쓸 검을 먼저 구하는데 의견을 모았다.

[그나저나 그 대장장이들의 마을이라는 곳이 어딘지 알고 있어?]

펠이 물었다.

"음, 예전엔 있었다고 하지만 내가 귀족 반란에 뛰어들었을 땐 이미 마을이 사라진 뒤였어. 하지만 대충 어디쯤에 위치했었는진 알고 있어. 게다가 상인들에게 대략적으로 위치도 들었으니 걱정은 없겠지."

명품이나 다름없다는 검과 갑옷을 제조하는 실력있는 자들로 붐볐다는 그 대장장이들의 마을.

하나 어찌 된 것인지 대장장이들의 마을은 아서가 한창 전쟁에 뛰어들었을 십오 년 후엔 존재하지 않은 곳이 되어 있었다.

아서는 마을이 사라진 이유를 대충 짐작하고 있었다.

"하지만 대장장이 마을도 좋지만 우선 들러야 할 곳이 있어."

그리고 그 대장장이 마을로 진로를 잡았다면 그곳보다 먼저 들러봐야 할 곳이 있었다.

[들러야 할 곳?]

"내가 원하는 것을 위해 꼭 필요한 사람이 있어."

[필요한 사람?]

"나도 만나본 적은 없어. 단지 소문을 들었을 뿐이야."

[무슨 소문?]

"한 대대를 혼자의 힘으로 막아낸 사내라는 소문."

[오, 그 정도면 이 시대에선 괴물 수준 아닌가?]

"그렇지."

[그런 녀석을 포섭하겠다고?]

"그래."

[와! 생각이 깊구나! 네 녀석!]

"아니… 그러니까……."

[역시 아서님은 생각이 깊으십니다.]

"그만……."

[그래, 넌 생각이 깊은 것 같다.]

"미안하다고!"

[낄낄낄!]

지들끼리 배를 부여잡고 웃음 흘리는 세 명을 보며 아서는 쓰게 웃었다.

"일단 한번 부딪혀 보지 뭐."

아서는 늘 생각해 왔다.

자신이 원하는 왕권의 중심축에 설 수 있는 힘을 가지는 방법. 쓴맛을 보았던 제 신분으로도 최단 기간에 이룰 수 있는 루트가 무엇인지 말이다.

자신이 왕권에 깊숙이 자리하기 위해선 맨 먼저 든든한 동료가 필요했다. 변수에 의한 권력을 잡기란 힘들기 그지없을 것이다.

그 동료들의 힘을 빌려 기사학교를 평정하는 정공법이 가장 첫 번째. 정공으로 기반을 만들고 나서야 비로소 계책이라든지 다른 변수들을 세울 수 있을 것이었다.

그리고 그와 동시에 귀족 세력에 자신을 지지하는 사람들을 심어놓거나 그들을 편으로 끌어들이는 것이 중요했다. 그래야 자신이 아카데미를 평정했을 때 위로 올라서는 발판을 마련하는 데 수월할 것이기 때문이다.

나이첼의 열쇠를 되찾진 못했으나, 자칫하단 큰 적이 되었을 레드아이즈를 초기에 와해시켰다. 집을 나서고 이 정도면 꽤나 착실하게 단계를 밟아가는 중이다.

그렇게 며칠을 더 걷고, 숲을 따라 안으로 들어서고 나서야 아서는 자신이 찾던 마을 입구에 다다를 수 있었다.

"후우……. 드디어 도착했군."

[확실히…….]

마을 입구를 바라보는 크리스는 뭔가 알겠다는 듯 고개를 끄덕였다.

쉬이잉―

마을로 들어서는 입구는 그야말로 양쪽에 절벽을 드리운 외길이었다.

다른 곳으로 돌아가기엔 너무 오랜 시간이 걸릴뿐더러 그나마 위쪽에 놓여 있는 다리는 위태로워 보이는 것이 화물이나 말들이 건넌다는 건 무리인 듯싶었다. 고로 마을로 들어서기 위해선 좋든 실든 이 외길을 따라가야 했다.

"확실히… 요지가 될 만한 조건을 가지고 있군."

이 마을은 지금으로선 작은 변방의 마을이나 다름없었다. 하지만 귀족 반란이 일어나고 나서 이곳은 꽤나 중요한 물자의 운반이나 군 주둔지로서 큰 중요지로 떠오르게 되었다.

하나 양쪽 진영 어느 곳도 이곳을 이용하진 못했다.

주둔지로 이용하기 위해 파견한 부대가 모두 패전하여 돌아왔으니 말이다.

아서가 찾는 사내는 바로 그들에게 공포의 대상으로 자리 하던 자. 혼자의 힘으로 양쪽 진영의 병사들을 혼비백산하게 만든 그자를 제 편으로 만드는 것이 아서의 목적이었다.

더욱이 신기한 건, 처음에 이 마을 사람들은 귀족 반란이 일어났다는 사실조차 모르고 있었다. 물자를 위해 들어온 상 인들 때문에 거의 말미에나마 알게 된 것이 전부였다.

단 하나뿐인 외길, 그곳을 통과하려는 머리 위로 몸뚱이보 다 커다란 바위가 떨어져 내린다면 과연 그 길을 걸을 수 있 는 용기있는 자가 존재하긴 할까?

"자, 우선 마을엔 들어왔는데……. 어떻게 그를 찾아야 하……?!"

[야! 위험!]

쿵—!

마을에 들어서 얼마 지나지 않아 아서는 커다란 덩치의 남 자와 부딪쳐 그대로 주저앉았다.

"크으……."

그대로 주저앉은 아서는 살짝 일그러진 자신과 부딪친 사 내를 올려다보았다.

"미안하다. 에드, 너 못 봤다."

하늘 위로 올라선 태양이 그의 덩치에 가려져 버릴 정도로 커다란 사내. 190은 훌쩍 넘어 보이는 키에 비안과 견주어도 전혀 밀리지 않을 커다란 덩치.

방금 살짝 굳은 얼굴로 자신을 내려다보았던 것 같은데, 어느새 어린아이 같은 표정으로 미안하다 내민 그의 손을 아서는 저도 모르게 잡았다.

획—!

마치 인형이라도 되는 듯 자신을 가볍게 들어 올린 사내를 아서는 벙찐 얼굴로 바라보았다. 아서가 절대 작은 키도 아니고 체구가 야리야리한 것도 아니었는데 너무 쉽게 들렸다.

"괜찮냐? 다치지 않았냐? 에드, 다치면 올리 아줌마네 간다. 너도 아프면 거기 간다."

걱정스런 눈길로 자신을 바라보는 사내를 보며 아서는 그가 약간 모자란 사람이라는 느낌을 받았다.

"괜찮습니다. 그보다 당신……."

"아! 에드! 피핀 아저씨한테 가야 한다! 지붕, 비둘기 많아서 피핀 아저씨 잠 못 잔다! 어서 안 가면 아저씨 잠 또 못 잔다!"

아서의 말이 묻혀 버릴 정도로 놀라며 사내는 잽싸게 달려갔다.

그러다 갑자기 뒤돌아 아서의 두 손을 꼭 잡곤 다시 한 번 입을 열었다.

"너 아프면 올리 아줌마네 간다. 에드는 미안하다. 에드 바쁘다. 그럼 안녕!"

커다란 몸집으론 보일 수 없을 날렵함으로 에드는 아서의 시야에서 사라졌다.

[와, 너 한방 먹었구만.]

[그나저나 힘이 장난 없네?]

[쟤 바보 맞지?]

[음, 저 아서님?]

한차례 폭풍이 지나간 것처럼 아서는 멍하니 서서 그가 사라진 곳을 바라보고 있었다.

"아, 으, 응?"

[아닙니다.]

[…….]

아서에게 뭔가 말하려는 듯 크리스는 몇 번 입술을 달싹이다 입을 다물었다. 비안 또한 에드가 사라진 곳을 말없이 바라보았다.

"확실히 힘 하나는 장사네……."

에드는 사라졌고, 아서는 곧장 이 마을을 둘러보았다.

풍족한 작물들, 마을의 밝은 분위기. 무엇보다 때묻지 않은 모습을 보이는 주민들일 것이라 생각했으나, 아서를 발견한 이들은 웃던 얼굴을 살짝 일그러뜨렸다.

서로 나누던 이야기를 멈추고 일에만 집중했다.

게다가 아서가 원하는, 바위를 들어 던질 만한 장대한 기골을 가진 이라든지 한눈에 보아도 힘이 세 보이는 그런 이는 볼 수 없었다.

[외지인에 몹시 민감한 이들인가 보네?]

[그래도 너무 경계하는 것 같지 않아?]

결국 별다른 소득 없이 아서가 도착한 곳은 마을의 촌장집이었다. 한눈에 보아도 촌장의 집인 것을 알게 해주는 크기였다. 마을 사람들에게 여행자임을 밝히고 위치를 알아낸 것이다.

"실례합니다."

똑똑—

그렇게 촌장집에 도착한 아서는 조심스레 목소리를 내었다.

끼익—

얼마 지나지 않아 희끗한 머리의 노인이 문을 열고 밖으로 나섰다.

"이 마을의 촌장님이시진요."

"그렇소만. 무슨 일로……?"

촌장 또한 낯선 얼굴의 아서를 보곤 살짝 인상을 구겼으나, 여행자라는 말에 곧 웃는 표정으로 돌아왔다.

"허허, 여행자를 본 건 참 오랜만이군……."

"마을이 꽤 안쪽에 있어 저도 여차여차 알게 된 것입니다."

"그렇지. 이 마을이 좀 외지에 있어 사람들이 찾기가 힘들다오. 동시에 우리 마을에서도 외지의 일을 알기가 힘들지. 자자, 우선 들어오시오."

어느새 넉넉한 웃음을 담은 촌장은 곧장 아서를 집 안으로 들였다.

[옛마을들은 600여 년 전이나 지금이나 다를 게 없군.]

[뭐, 그게 나름의 정취 아니겠어?]

방 안을 둘러보는 세 영혼은 저마다의 감상을 늘어놓는다. 상업 지구 같은 커다란 도시는 도시를 관장하는 관리 기관이 있으나, 이런 작은 마을은 대부분 촌장이 그 일을 맡고 있다고 보면 되었다.

"외지에 있는 마을치곤 꽤 규모가 있는 편이군요."

집 안에는 역시나 마을 주민들의 집 위치가 그려진 약도와 간단한 이력 등이 적혀 있었다. 촌장이 손님을 위한 차를 내러 부엌에 들어간 사이 아서는 지도와 마을 주민에 관한 것들을 훑어보았다.

"암, 아무래도 공기도 좋고, 대부분이 여기서 태어난 사람들이라네. 요즘 젊은이들이 외지로 나가길 바라서 좀 줄긴 했지만 이 정도면 탄탄하다고 볼 수 있지."

"아, 그랬군요……."

아마 그 외지로 나갔던 젊은이들 중 누군가 때문에 귀족 반란 때 이 마을의 위치와 중요성을 깨달은 귀족들이 모여들었을 것이다.

아서는 저도 모르게 입가에 쓸쓸한 미소를 걸었다.

"그래, 무엇 때문에 이런 외지를 방문했는가?"

차를 건네며 마치 어린아이의 호기심 어린 얼굴로 아서를
바라보는 촌장.

그에게 있어선 외지의 이야기들을 듣고 마을 사람들에게
그것을 또 알리는 것이 무엇보다 즐거운 일거리였을 것이다.

"제가 이곳에 찾아온 이유는……."

아서는 촌장에게 자초지종을 설명했다.

하지만 아서의 이야기가 시작되고 나서 그의 표정은 또다
시 딱딱히 굳었다. 그리 장황한 설명은 아니었다. 자신은 누
구고 이런 정도의 사람을 찾고 있다는 것이 다였다.

촌장은 아래위로 아서를 훑어보았다.

그리곤 천천히 입을 뗐다.

"흐음, 이 마을에 젊은이들의 숫자가 좀 줄긴 했지만 대부
분이 힘이 장사긴 하지……. 그리고, 흠… 요 근래의 외지인
이라면…… 없네."

친절히 자신에게 말을 건네곤 있지만 촌장의 표정은 실망
감이 가득해 보였고 처음 아서를 보았을 때의 경계심이 살아
난 것 같았다.

"근래에 이곳에 들른 외지인이 한 명도 없습니까? 보기보
다 힘이 셀 것 같은 체격의 젊은이는 보지 못했는데 말입니
다."

"웬만한 젊은이들은 지금 이 시간에 강쪽으로 올라갔다 오
네. 가끔 야영을 하고 며칠 뒤에 내려오는 일도 허다하지만

말일세.”

말에 가시가 돋아 있다.

“그럼 그분들이 어느 쪽으로 가셨는지 말씀해 주시겠습니까? 가서 좀 만나보았으면 합니다.”

“허허허, 강이 워낙 험해서 말이지. 기다리면 마을로 돌아오지 않겠나.”

보면 그리 말을 잘못한 것도 아니었는데 촌장은 이제 아서가 빨리 나가주길 바라는 듯해 보였다.

[뭔가 이상한데?]

비안도 촌장에게서 뭔가 묘한 냄새가 난다는 표정이었다.

[원래 순진한 사람일수록 얼굴에 그대로 드러나는 법이지. 근데 문제는 뭐 한 것도 없는데 저 혼자 얼굴에 불안함을 내비치고 있으면 우리도 난감하다고.]

“음. 촌장님 말씀대로 그렇다면 곤란하겠군요.”

“그래, 잘 생각했네. 이런 작은 마을에 뭘 하러 온지는 모르지만 오래 있을 만한 곳도 아니고 여행자의 흥미를 끌 만한 뭔가가 있는 것도 아니라네. 볼일 보셨으면 얼른 자네 길을 가는 것도 나쁘지 않을 걸세.”

이젠 노골적으로 아서가 마을을 돌아다니는 것을 싫어하는 눈치였다. 상황은 꼬이고 꼬여 처음 마을에 외지인이 오랜만이라 반가워하던 모습과는 영 딴판이 되어버렸다.

“그렇다면 별수 없군요.”

결국 아서는 별 소득 없이 촌장집을 나섰다.

별다른 배웅도 없이 문을 닫은 촌장은 그 뒤로도 한참 동안이나 창문 뒤에서 아서를 지켜보았다.

[거참, 갑자기 왜 저러는 거야.]

[저희가 저기 좀 머무르면서 뭔 일인지 알아볼까요?]

[네가 찾는 그 남자. 귀족 반란이 시작된 이후에 이 마을에 들른 것이 아닐까?]

세 영혼 또한 영문 모르긴 마찬가지다.

분명 뭔가가 있긴 한데 그 뭔가가 무엇인지 전혀 짐작조차 되지 않았다.

그런 생각들에 둘러싸이고 나니 기운이 팍 새어버리는 듯했다.

밖으로 나선 펠이 입을 삐쭉 내밀었다.

[생각해 보면 그 포섭하려는 녀석, 굳이 지금 만나지 않아도 되는 거잖아?]

비안은 작은 한숨을 내쉬었다.

[하아— 뭐, 그렇긴 하지만. 온 길에 만나면 편하니까 그렇지. 계속해서 여길 들를 수도 없는 노릇이고.]

[어찌 되었든 첫 번째 실패입니다요~]

펠이 놀리듯 입을 놀렸지만 아서는 고개를 저었다.

"아니, 실패가 아니야."

[엥?]

[뭔가 알아낸 게 있나?]

"지금 그걸 알아내려는 거야."

아서는 눈을 감았다.

분명히 무언가가 있다.

'생각해라……. 생각해, 아서 란펠지…….'

촌장의 계속된 반응과 그의 집에 걸려 있던 상세한 약도. 마을 주민들의 신상. 그리고 자신의 눈으로 보았던 마을 주민들의 외지인에 대한 한결같은 반응…….

"!!"

순간 무언가가 아서의 머릿속에서 번뜩였다.

"하하, 그런 거였군……."

이걸 놓치고 있었다니! 눈을 뜬 아서는 헛웃음을 뱉었다. 역시나 궁금함을 참지 못하는 펠이 아서 곁에 자리 잡았다.

[뭐야? 뭔데? 뭘 알아낸 거냐?]

묘한 미소를 걸고선 아서는 고개를 끄덕였다.

"대충은……. 몇 가지 미심쩍은 것들이 있지만."

[미심쩍은 것들?]

"그래. 우리가 느낀 것보다 이 마을 사람들은 착한 사람들인 것 같아. 그래서 그가 이 마을을 귀족 반란의 도구로 사용되지 않게 지켰던 것 같고."

[그?]

멍한 표정으로 자신을 바라보는 세 영혼을 놔두곤 아서는 자리에서 일어났다. 그리곤 입을 열었다.

"에드."

[에드? 걔가 누구……. 어? 그 마을 입구에서 부딪친 바보?]

[잠깐만. 에드가 마을 사람들을 지켰다고?]

"지금 당장 확인해 봐야겠어."

아서는 에드가 있을 피핀의 집을 향해 걸음을 내디뎠다. 그의 뒤를 따르는 세 영혼이 궁금함에 외쳤다.

[야! 뭔데?]

[이유나 알고 가자!]

"에드 드 래빗트. 앞뒤 상황이 조금씩 들어맞고 나서야 생각난 것인데, 2년 전 행방불명된 이실루드의 전 기사단장 중 한 명이었지."

[엥?]

[그게 뭔 소리야?!]

[그러니까 네 말인즉, 기사단장이었던 그 남자가 지금 저 바보라는 거냐? 말이 되는 소리를 해라.]

피핀의 집으로 향하는 걸음을 멈추지 않곤 아서는 대답했다. 퍼즐 조각들을 맞춘 것처럼 그에 대한 의심과 상황들을 이어붙이니 하나의 이야기가 완성되었다.

"그의 또 다른 이름은 검은 사신. 그의 등에는 검은 천사가 날갯짓하는 문신이 있다고 하지. 그의 등을 확인해 보면 될 일이야."

[하지만 펠 말대로 그 녀석이 바보라면 기사단장이든 괴력이든 뭐든, 별 도움은 안 될 것 같은데.]

[아니지, 엄밀히 따지자면 바보를 꼬시기는 더 쉽지.]

"그는 바보가 아니야."

이건 또 뭔 소린가?

[뭐? 딱 봐도 바보구만, 뭔 소리야.]

펠이 코웃음을 쳤지만 아서의 목소리는 단호했다.

"내가 그 에드라는 사내와 부딪친 곳이 그 피핀이라는 사람이 사는 곳과 전혀 반대 방향이라는 것."

[그냥 길가다 부딪친 거 아냐?]

피핀네의 대략적인 위치는 촌장집의 마을 지도를 보았기에 가늠할 수 있었다.

"게다가 처음 부딪쳤을 때의 그 눈빛……. 마치 나를 구석구석 살피는 듯한 예리함 뒤에 보여준 그 표정. 그가 나와 부딪친 장소는 피핀네 방향과는 정반대의 길이었어. 굳이 반대 길로 와서 나와 부딪치고 왔던 길을 다시 돌아간다고?"

[확실히 저도 그 에드라는 사내의 눈빛이 마음에 걸렸습니다. 말씀드릴까 하다가 잘못 본 것이겠거니 했는데…….]

크리스 또한 맨 처음 에드를 보고 주춤했던 이유가 이것이었다. 그것은 비안 또한 다르지 않았다.

[나 역시 이상하긴 했어. 그건 바보가 사람을 바라보는 순한 눈이 아니라 맹수가 적을 가늠하는 그런 눈이었어.]

[나만 몰랐던 거야?]

펠이 묻자 비안이 그의 뒷머릴 쓰다듬었다.

[그야 넌 맹하잖냐.]

[야!!]

아서는 재빨리 걸음을 옮겨 때마침 피핀의 지붕 수리를 마치고 내려서는 에드를 찾아냈다.

"이쯤에서 지켜보자."

조용히 몸을 숨기고 에드가 일하는 것을 묵묵히 바라보는 아서를 보며 펠이 입을 열었다.

[그냥 가서 등 까보면 안 돼?]

"그가 바보가 아니라면 분명 거부하겠지."

[그럼 바보가 아니니까 거부했다고 하면 되잖아?]

"바보라도 당연히 거부는 할 수 있어."

[아…….]

펠은 입을 다물었다.

"어찌 되었든 스스로 확인받는 것이 가장 좋아."

[뭐, 네가 알아서 하겠지.]

비안은 그리 말하고 입에 담배를 물었다.

크리스 또한 별말 없었다. 말은 안 하고 있었지만 아서는 전문적 지식이 부족할지 모르나 일명 잔머리라 불리는 것에 관해서는 자신들보다 한 수 위임을 그들 또한 인정하고 있었다.

“에드 덕분에 이번 여름은 비가 와도 물 샐 걱정 없겠구나!”

“헤헤, 에드 지붕 고쳤다. 돼지 비 안 맞는다.”

환하게 웃으며 구슬땀을 닦아내는 에드를 보며 피핀으로 보이는 남자는 호탕하게 웃었다.

“그래그래! 에드 덕분에 우리 돼지들이 이제 비도 안 맞고 좋구나! 자— 이거 가져가라. 네가 좋아하는 고기다!”

피핀은 집에서 가지고 나온 큼지막한 고깃덩어리를 에드에게 건넸다. 고기를 받아 든 에드는 어린아이처럼 활짝 웃었다.

“으헤헤! 에드 고기 좋다. 지붕 또 날아가면 에드 고기 먹는다!”

“에끼, 이놈! 그렇다고 지붕이 또 날아가면 안 되지! 하하!”

웃으며 핀잔을 날리는 아저씨를 피해 에드는 받은 고기를 주섬주섬 주머니에 넣었다.

“으아니! 에드, 프렐네 나무 만나러 간다. 슥슥! 나무 만지러 간다.”

에드는 아서와 만났을 때처럼 급한 걸음으로 프렐네가 있을 곳을 향해 나갔다.

“가자.”

멀찌감치 앉아 그를 바라보던 아서도 자리를 털고 일어섰다.

*　　*　　*

[아무리 봐도 정말 바본데…….]

피핀의 집 지붕을 고치고 이어 프렐네 장작을 패주고 곧바로 또 다른 곳으로 자리를 옮겨 일을 하는 에드를 보면서 세 영혼은 각자 한마디씩 자신의 감상을 꺼냈다.

[정말 바보가 아닌 게 확실한 거냐?]

[분명 처음 아서님을 훑어보던 그런 느낌은 전혀 받을 수가 없군요.]

어떻게 보아도 그는 바보 같아 보였다. 아니, 바보 그 자체였다. 자신을 놀려대면서도 매달리는 소년들과 함께할 때는 더욱 그랬다.

"이제 확실해졌어. 그는 분명 연기를 하고 있어."

[그러니까 어떻게 그렇게 확신하냐고.]

펠이 물었다.

"아이들과 있을 땐 나를 경계하는 기운이 여기까지 느껴지거든."

아서의 말에 크리스가 손뼉을 쳤다.

[아, 그런 것이군요. 지금의 저희가 사람의 기운까지 느낀다는 건 불가능하니까요.]

에드는 어느 곳을 가도 멀찌감치에서 자신을 살펴보는 아서의 존재를 알고 있는 듯했다. 특히나 아이들과 함께 있을 땐 경계하는 기운이 강하게 느껴졌다.

"아무래도 사람들이 있을 때 나서는 걸 그가 바라는 것 같지가 않아."

[다르게 말하면 자신의 바보 연기가 마을 사람들에게 들키지 않기를 바라는 거군.]

"그렇다고 볼 수 있지."

[어째서?]

"그걸 알아야 저자와 말을 틀 수 있을 것 같아."

뎅! 뎅! 뎅—!

아서가 생각에 잠길 무렵, 사람들을 불러모을 때 쓰이는 종소리가 요란하게 울렸다. 종소리가 울리자 에드를 둘러싸고 놀리던 아이들 또한 귀를 쫑긋 세웠다.

"가보자!"

"빨리빨리—"

에드를 두고 아이들은 호기심 가득한 얼굴로 종소리 나는 곳으로 사라졌다. 아서는 숨겼던 몸을 일으켜 세웠다.

"……."

그리곤 혼자 남아 있는 에드를 향해 걸음을 옮겼다. 에드는 자리에 편하게 주저앉아 있었다. 워낙에 덩치가 있었기에 앉아 있음에도 존재감이 남다르다.

아서를 발견한 에드는 여느 때와 다름없이 바보스런 웃음을 걸어놓고 아서에게 입을 열었다.

“에드, 너 안다. 쿵 하고 부딪쳐서 슈슉 하고 샤삭 한 너, 에드 안다.”

“그만, 당신이 바보가 아니라는 걸 알고 있어.”

에드는 한동안 영문 모를 얼굴로 자신을 바라보았다.

“에드…….”

아서는 에드가 또다시 바보스러운 말을 하기도 전에 낮은 목소리로 말을 막았다.

“계속해서 바보 연기를 한다면 말리진 않겠어. 하지만 그리된다면 마을 사람들이 갑작스레 모이게 되는 저곳의 상황을 알 수 없게 될 거야.”

“…….”

에드는 말문을 닫았다. 아서를 바라보는 에드의 눈빛은 변해 있었다. 처음 일부러 부딪친 후 자신을 훑어보던 그 눈빛이었다.

“너, 누구냐.”

눈빛이 바뀌니 말투 또한 바뀌었다.

[이제야 본색을 드러내시는구만.]

[근데 이렇게 시비 걸 필요가 있어?]

“당신이 누군지 알고 싶은 사람. 그리고 그 사람이 맞다면 누구보다 필요하게 될 사람.”

“꺼져.”

아서의 말에 에드는 일체의 망설임도 없이 짧게 대답했다.

아서가 뭐라 말을 보태려 했지만 이번엔 에드가 빨랐다.

"별 적대감이 없이 느껴져 진짜 여행자인 줄로만 알았는데 아니었군. 당장 이 마을에서 나가라. 마음만 먹으면 너 같은 녀석은 몇 번이고 죽일 수 있어. 그리고 마을을 나가는 즉시 나에 대한 것, 마을에 대한 것은 잊어."

실없는 웃음을 달고 있던 바보 에드는 사라지고 날카롭고 매서운 눈으로 아서를 내려보는 무시무시한 사내가 나타났다.

[와우! 분위기 반전이 장난 아닌데?]

[성격이나 말투는 바보 때보다 훨씬 낫군.]

[아서님, 지금은 살짝 물러나시는 편이 좋을 듯합니다.]

비안과 펠은 신나 보였고 크리스는 역시나 아서의 걱정에 긴장한 듯 보였다.

"쉽게 일이 풀릴 거란 생각은 안 했지만 이것 참……."

위압적인 모습의 에드를 앞에 두고도 아서는 별로 주눅들어 보이지 않았다.

[너도 꽤 강심장이다.]

그도 그럴 것이 지금의 자신이 에드에게 딱히 밀릴 만한 것도 없었고, 에드를 도발하는 것 또한 자신이 원했던 것이며, 무엇보다 이 상황에 우위를 점하고 있는 것은 자신이었으니 말이다.

"셋을 세겠다. 그 안에 꺼져."

위압적인 태도를 보일수록 그것은 그가 초조해하고 있다는 증거다.

"에드 드 래빗트."

"하나."

자신의 이름을 불렀음에도 그는 꿈쩍도 하지 않았다.

"많이 초조합니까?"

"……."

"지금 마을에 종소리가 울린 것이 어떤 의미인지 아는 것 같군요. 당신이 막으려 했던 자들이 마을에 도달했다는 것이 겠지요. 그래서 조바심이 나겠고."

"둘."

숫자를 세어가는 에드의 눈빛에 살기가 드리워졌다.

"묻겠습니다. 이실루드의 전 기사단장 중 한 명이자 검은 사신이라 불린 분이 맞습니까?"

"셋!"

콰직―!

셋을 셈과 동시에 땅을 박차고 일어선 에드의 신형은 아서 코앞까지 날아왔다.

Chapter 15
이실루드의 검은 사신

쉬잉─!

이어 그의 커다란 주먹이 아서의 얼굴을 부숴 버릴 듯 휘둘렸다.

퍽─!

하나 아서는 날아드는 에드의 주먹을 검집으로 쳐 올려 버렸다.

에드의 동공이 놀라 커다랗게 뜨였다. 알고 있다고 해서 막을 수준의 공격이 아니었다. 주먹을 막으려 한다면 뻗은 팔과 함께 나가떨어질 정도로 후려친 것이었다.

그런데 이리 쉽게 자신의 주먹을 쳐내다니…….

“흡!”

부웅—!

이번엔 바람을 가르며 아서의 옆구리를 향해 발차기를 날렸다.

휘릭—

그러나 그마저도 아서는 가볍게 뛰어넘었다.

마치 서커스 단원의 움직임처럼 아슬아슬하게 공격을 옆으로 뛰어넘은 것이다.

그의 옷깃을 잡아 메치려 손을 뻗었지만 손에 잡힌 건 그의 검집이었다.

팟!

에드가 거칠게 검집을 벗겨내자 아서가 그제야 뒤로 살짝 물러섰다. 동시에 검집에서 빠져나온 아서의 검이 떨리기 시작했다.

우우웅—

검의 은은한 울림……. 동시에 붉게 물들어가는 검신.

“!!”

그것을 본 에드는 그 자리에 돌이 된 것 마냥 굳어 움직이지 않았다.

“마나 소드?!”

아무리 보아도 소년의 티를 벗어던지지 못한 녀석인데 마나 소드라니?!

“예, 마나 소드입니다.”

자신을 앞에 두고도 만만하게 굴 만한 여유가 있는 상대였다. 에드는 자신의 등이 축축이 젖어옴을 느꼈다.

‘대체… 이런 괴물이 이곳에 온 이유가 무엇이지?

자신 또한 장비를 갖추고 있었다면 마나 소드를 구사하는 자라도 상대할 수 있었으나, 지금은 어렵다. 게다가 방금 공격을 피하던 여유로운 움직임을 본다면 절대적으로 지금의 자신은 불리했다.

“얘기를 들어보도록 하지.”

“아니요.”

에드의 표정이 급격히 굳었다.

[풉! 야, 쟤 얼굴 굳었다.]

펠은 그 모습이 상당히 고소했던 것 같다.

“얘기는 우선 종소리의 이유를 밝히고 난 뒤에 천천히 하도록 하지요.”

“하…….”

아서의 능글스러운 태도에 에드는 자신이 한 방 먹었다는 것을 느꼈다.

“그래, 네 말대로 하도록 하지.”

이미 처음부터 모든 걸 알고 있는 듯한 그의 모습에 에드는 더 이상 위압적인 눈빛이나 행동을 보일 수 없었다.

에드는 곧장 마을 종소리가 들리는 곳으로 달려나가기 시작했다. 그 뒤를 아서가 따랐고 세 영혼은 아서 주변에 붙어 그를 따랐다.

[그런데 저 녀석, 저리 급하게 달려가는 거 보니 이 마을에 애착이 큰가 봐?]

그야말로 에드는 정신없이 내달리고 있었다.

뺨에 작은 상처를 내는 나뭇가지들은 신경도 쓰지 않았으며 앞을 가로막는 것이 있으면 부숴 버릴 듯한 기세였다.

팟—

아서는 눈앞의 돌부리를 훌쩍 뛰어넘었다.

그 또한 촌장의 집에서 지도를 보았으니 종소리가 나는 곳의 위치는 대략적으로 알고 있었다. 마을의 입구, 그리고 마을 사람들이 모여야 하는 작은 광장에 자리한 종탑일 것이다.

펠이 물었다.

[그나저나 저 종소리가 뭔데 이렇게 뛰어가는 거야?]

[마을 사람들을 불러모을 때 치는 거 아니냐! 딱! 하면 딱! 모르겠냐?]

[그러니까 왜 불러모으냐고!]

두 사람의 말이 오가는 사이에 에드를 앞세운 아서는 마을 광장에 다다랐다.

"이제 곧 알게 될 거야. 눈으로 확인해 봐."

정리해 놓은 길이 아닌 풀숲을 내달렸기에 생각보다 훨씬 빠르게 광장에 도착한 듯했다.

촤악—!

마지막으로 풀숲을 가르고 광장에 들어선 아서의 눈에 들어온 것은 말 위에 올라타 마을 광장에 모인 주민들을 내려다보는 남자와 그 뒤로 정렬해 있는 십수 명의 병사들이었다.

"마을의 촌장은 누구인가!!"

말 위에 올라 있는 남자가 주민들을 둘러보며 위압적인 목소리로 입을 뗐다.

사람들 사이로 촌장이 앞으로 나섰다.

"접니다만, 그쪽은 뉘신지요."

"그쪽?"

그쪽이란 말에 사내는 인상을 찡그리며 말에서 내려왔다. 그리곤 촌장을 향해 성큼성큼 걸어나섰다.

"네가 촌장이냐."

한눈에 보아도 연배 높은 촌장에게 마구잡이로 반말을 뱉는 것을 보아하니…… 좋은 인물은 아니다.

그러자 마을 사람들이 성화를 냈다.

"아니! 넌 뭔데 다짜고짜 반말이야!"

"지 아비뻘 되는 분에게 저래도 되는 거여?!"

"너 뭐여! 어디서 온 녀석인 겨!"

쫏—

성화 부리는 주민들을 슥 둘러본 사내가 손을 올렸다. 그러자 그의 뒤편에 자리한 병사들이 순식간에 마을 사람들을 에 워쌌다.

"여지껏 아무도 우리 마을에 간섭하지 않았는데요?!"

"이제부턴 너희도 우리 휘하에 들어간다!"

"그게 뭔소리래!!"

"닥쳐라!!"

흉흉한 눈으로 주민들을 노려보는 병사들의 기세에 주민 들의 얼굴이 굳었다. 앞으로 나선 촌장이 떨리는 목소리로 입 을 열었다.

"갑작스레 이리 와 우리가 살고 있는 곳을 이래저래 하다 니 너무하신 것 아닌지요."

"그건 내 알 바 아니다! 어찌 더스틴님의 땅에서 먹고살고 있으면서도 합당한 대가를 치르지 않는 것인가."

"그분은 우리한테 해준 게 아무것도 없는데요."

"닥쳐라! 앞으로 이곳의 세율은 수확량의 절반과 필요 노 동자 색출! 또한 이 마을 뒤에 있을 사금맥의 소유권이다!"

사금맥이라는 소리에 주민들이 크게 술렁였다.

[금광?!]

[그런 게 있었어?]

세 영혼 또한 놀라 아서를 돌아봤다.

"나도 처음 듣는 얘기인데……."

이건 아서도 몰랐던 일이었다.

"여기 있는 이자가 모든 것을 고했다!"

얼굴이 멍투성이인 청년 하나가 포박된 죄인처럼 마을 사람들 앞에 끌려나왔다. 그를 알아본 이들의 입에서 안타까움과 분노가 담긴 외침이 터져 나왔다.

"조디?!"

"아이고! 조디 아니냐!"

울먹이고 안타까워하는 마을 주민들을 돌아보며 아서는 입술을 깨물었다.

'중요 물자와 거점뿐 아니라 이런 것이 있었으니 그리 박 터지게 이곳을 차지하려고 했던 것이었군.'

결국은 돈이었다.

돈 때문에 그리 눈을 뒤집고 이 마을을 망치는 것이었다.

아서는 자신의 영지가 그런 것 때문에 더럽혀지는 걸 원치 않았다. 그건 이 마을의 주민들 또한 마찬가지일 것이다.

행여 영주가 이 땅을 하사받은 것이 왕법으로 되어 있다고 해도 이리 강제적이고 일방적인 통보는 반발심만 키울 뿐이었다.

"그런 억지가!! 이곳은 나의 할아버지의 할아버지 때도 있던 마을이오!"

억울함에 몇몇이 소리쳤지만 씨알도 안 먹힐 소리다.

"좋은 말로 해선 듣지 않을 종자들이로구나!"

기사는 되려 성을 내었고, 병사들은 날카로운 창끝을 마을 사람들에게 향했다.

거부는 즉, 목숨을 내놓아야 한다는 묵언이나 다름없었다.

[보아하니……. 물정 모르는 젊은이가 사금을 이래저래 써서 그게 더러운 영주 놈 귀에 들어갔구만.]

[하지만 이 마을 사람들은 별로 사금이 많아 보이지 않던데?]

"사금이란 것 자체가 발견하기가 힘들지. 그리고 그나마 발견해 모아뒀던 것 또한 마을 젊은이들이 밖으로 나설 때 여비로 써라 쥐어줬을 거야."

[참, 어찌 보면 사리사욕없는 이상적인 마을이네.]

"그렇기 때문에 그가 이곳을 지키고자 했겠지."

아서가 바라보는 에드는 꽤나 당혹스러워 보였다.

막상 이곳에 도착하긴 했으나 자신을 바라보는 마을 주민들과 병사들 사이에서 어떻게 행동해야 할지 고민하는 듯했다.

그를 바라보던 비안 또한 알겠다는 듯 웃어젖혔다.

[크크! 하긴, 바보가 갑자기 정상인이 되면 웃기긴 하겠네.]

"마을 촌장이나 사람들이 처음 외지인을 반겼던 것을 보면 분명 그들은 외지인을 만난 적이 그다지 많지 않은 것 같아. 게다가 얼마 안 되는 그 외지인은 떠난 청년들의 말을 듣고 찾아온 마을에 도움조차 되지 않은 작자들이었겠지. 그래서 에드는 여태껏 마을 사람들 모르게 그들을 막아온 것 같다."

[근데 지금은 왜 나서지 않는 거야? 몰래 할 필요가 있나?]

펠의 물음에 답을 하며 아서는 쓰게 웃었다.

그와 자신이 매우 닮았다는 것을 느꼈기 때문이다.

"그는 자신이 소중하게 아끼고 사랑하는 마을 사람들에게 걱정을 끼치고 싶지 않았던 거야."

[엥?]

[왜 사랑하냐, 갑자기!]

펠과 비안이 물었고 아서는 의미심장한 미소를 지어 보였다.

"마을 사람들이 그를 사랑해 주니까."

[정말! 정말로! 아름다운 마음, 아름다운 마을입니다!!]

눈물을 글썽이는 것을 보아하니 크리스는 꽤 감명받은 것 같다.

"뭐, 다른 게 있다면 에드 본인은 마을 사람들이 사랑한 건 바보 에드라고 믿고 있다는 거? 촌장이나 마을 사람들의 반응만 보아도 에드가 바보가 아니라는 건 다들 알고 있는 눈치였으니까."

[서로 편하게 다치지 않도록 배려해 주는 건가?]

[알수록 부러운 동네구만.]

"잡담은 여기까지. 아무리 아름답고 좋은 마음이 담긴 마을이라 할지라도 이런 일에 직면했으니 이 위기를 타개해야겠지."

[아서님이 나서실 겁니까?]

"외지인인 내가 함부로 나서기도 좀 그래."

확실히 그랬다.

지금도 아서는 마을 사람들과 같이 있지 않고 에드와 따로 떨어져 상황을 지켜보고 있었으니까. 확실히 이곳의 아무도 아서의 존재에 대해 신경 쓰는 이는 없었다.

"고민하고 계십니까?"

아서는 넌지시 굳은 얼굴의 에드에게 말을 건넸다.

"……."

에드는 답하지 않았다. 그의 표정만 보아도 그가 얼마나 고민하고 있는지 알 수 있었다.

[애 세냐?]

"당연히 강하지. 이실루드의 검은 사신이라고 하면 모르는 이가 없었으니까. 게다가……."

[게다가?]

"아니, 그건 나중에 얘기하도록 하지."

비안과 얘기하던 아서는 에드가 자신을 물끄러미 쳐다보는 걸 느꼈다.

"아, 이건 혼잣말입니다. 혼잣말."

더 이상 미친 녀석 취급은 사양하고 싶다.

"너, 내가 누군지 알고 있었군……. 보아하니 마을의 사금에 욕심이 있어 보이는 것도 아닌데. 그렇다면 나를 찾아온 것인가?”

“뭐, 틀린 건 아닙니다.”

아서의 말에 에드가 동그랗게 눈을 떴다.

더 이상 그는 바보 행세를 하지 않았다.

“나이도 어려 보이는데 어떻게 그럴 수가 있지? 귀족 가문 자제인가? 혹, 내가 너와 관련된 누군가와 싸웠다거나, 아니면… 목숨을…….”

전쟁에 관한 이야기를 꺼내는 에드의 표정은 어둡기 그지없었다.

아서는 손을 휘휘 저었다.

“그런 일 없습니다. 뭐, 꼬리를 물고 따라가다 보면 내 사촌의 누구의 아버님의 친구의 동생이라든지 하면서 있을지도 모르겠지만 그보단 그만큼 당신이 유명해서 알고 있다고 하죠.”

“훗, 그런가…….”

아서의 말에 에드는 쓰게 웃었다.

“이실루드의 사람도 아닌 네가 나를 왜 찾아온 거지?”

“저는 브리오니아 사람이란 말을 한 적이 없지요.”

“하지만 생김새나 행동거지를 보면 딱 브리오니아의 사람이다. 게다가 어느 정도 직급이 있을 집안의 자제고. 다만 묘한 거라면…….”

다시 한 번 자신을 뚫어져라 바라보는 에드를 보며 아서는 웃었다.

"나이에 비해 애늙은이 같은 느낌이 풍긴다는 것 말입니까?"

"아, 뭐……."

에드는 아서의 말을 부정하지 않았다.

너무나도 정확히 제 마음을 꼬집었기에 약간의 머쓱함도 있었다. 이 실없는 얘기를 꺼내는 당돌한 소년이 그리 싫진 않았다.

"당신을 알고 굳이 이곳을 찾아온 것은 아닙니다. 필요한 사람을 찾으러 왔다가 우연치 않게 그 사람이 당신이라는 걸 알았을 뿐이지요."

"어찌 되었든 너는 나를 필요로 한다는 것이군. 무엇 때문에?"

"그 얘기는 이 일을 해결하고 나서 이어가도록 하지요."

"정말 나이답지 않게……."

"브리오니아 소년들은 이렇답니다."

[웃기시네!]

[뻥까는구만, 애늙은이 놈.]

두 영혼의 핀잔은 못 들은 걸로 하기로 정했다.

"아무래도 지금 자신이 나설지 아닐지를 고민하고 계신 것 같은데, 우선 제가 급한 불을 끌까요?"

"어떻게 말이지?"

　계속해서 자신의 가려운 곳을 긁는 듯한 아서의 통찰력은 에드의 표정을 바뀌게 하기 충분했다. 놀란 눈으로 자신을 돌아보는 에드를 향해 아서는 어깨를 으쓱였다.

　"그야 물론, 저 사람들에겐 실력을 행사해야죠."

　"네가 뛰어난 자라는 건 아까 몇 합을 나눠보고 느꼈다. 하지만 그들은 무장을 갖춘 병사들이다. 사방에서 창을 조여오면 어찌하려고 하는가. 게다가 마을 사람들이 인질 아닌 인질로 잡혀 있는 상황이기도 하고……."

　무엇보다 에드에게 신경 쓰이는 것은 마을 사람들의 안전이었다. 무력으로 저 정도 인원의 병사들을 제압하는 것은 자신에겐 어려운 일이 아니었다.

　그렇다면 자신이 인정하는 이 소년 또한 무리한 일은 아닐 것이다.

　'하지만 마을 사람들을 전부 보호하며 싸우기란 도박이야…….'

　그런 에드를 능구렁이 같은 표정으로 바라보던 아서가 물었다.

　"당신이라면 저런 병사들을 상대하는 데 있어 어느 방법이 가장 좋다고 생각하시나요?"

　"그야 물론 저들이 들고 있는 무기를 무력화시킬……."

　우우웅—

　"예를 들면 이런 것 말이지요?"

어느새 눈앞에서 은은하게 울고 있는 아서의 검을 내려다
보며 에드는 헛웃음을 뱉었다.

"허… 허허……."

마나 소드라니!!

"정말이지, 내 살다 이런 경험은 처음이군……."

"제가 병사들을 제압할 동안 마을 사람들을 부탁드립니
다."

"하지만 난 지금 바보……."

"바보라도, 지붕도 고치고 장작도 패고 하는 바보라면, 사
람들을 위해 길 안내 정도는 가볍게 할 수 있지요?"

"무, 뭐… 그렇긴 하지……."

에드는 완전히 아서의 페이스에 말렸다. 아서는 자리에서
일어나 병사들 앞으로 나섰다.

"그럼 갑니다!"

타앗—!

"어이!!"

아서는 곧장 땅을 박차고 말에서 내린 기사를 향해 내달렸
다. 병사들과 모두의 시선이 아서를 향했다고 느낀 순간,

아서의 주먹이 사내의 안면을 때렸다.

뻐억—!

"아악!"

뼈 부러지는 소리와 함께 사내가 말에서 떨어졌다. 갑작스

럽고 어벙벙한 상황에 병사들은 놀라 서로를 돌아봤다.

그리고 동시에!

스악—!

자신들이 들고 있는 창자루가 깔끔히 잘려 나가는 경험을 했다.

아서가 마나 소드를 구현할 필요도 없었다.

삭—! 사악!

그의 강한 힘은 병사들의 창자루를 썩은 지푸라기처럼 싹 둑싹둑 잘랐다. 창자루가 잘린 경험을 한 병사들은 뒤이어 평생 잊지 못할 체험을 선사받았다.

뻐억—!!

"크악!"

"컥!!"

빠각—!

"크헉!"

안면! 가슴! 복부! 골고루 망치로 내려치는 충격을 안고 그들은 자리에 주저앉아 버렸다. 검을 갈무리한 아서의 손에는 자비가 없었다.

순식간에 열댓 명이 넘는 병사들이 바닥에 고꾸라졌다. 간신히 상황을 파악하고 아서를 향해 달려드는 몇몇 병사들도 있었지만,

쓸데없는 짓이다.

휘익—!

뒤에 눈이 달린 것도 아닌데 아서는 등을 노리고 찌른 병사의 창을 날렵하게 피했다.

스악—!

"어어?!"

그리고 어김없이 날아든 창을 반으로 잘랐으며,

빡—!

"케헥!"

침을 흘리며 주저앉을 정도로 강력한 발차기를 병사의 복부에 꽂아넣었다.

파밧—!

아서의 싸우는 모습은 흡사 춤을 추는 것 같았다.

휘리릭—! 슝!

물 흐르듯 자연스레 움직이는 그의 모습에 마을 사람들을 추스르던 에드마저 넋을 놓을 뻔했다.

'어떻게 저 나이에… 저런 움직임을 보인단 말인가……'

아서가 보이는 날카로움은 흡사 죽음의 전쟁에서 몇십 년은 굴러먹던 용병을 보는 것만 같았다. 하지만 용병 특유의 투박함 대신에 부드러움이 자리하고 있었다.

그러했기에 더욱 춤을 추는 것처럼 보일지도 모른다.

"뭐하는 녀석이냐!!"

"지나가던 여행자다!"

친절한 대답과 친절한 주먹.

만족스런 대답이었을진 모르지만 정신을 잃은 병사는 더 이상 일어나지 못했다.

촤악―!

눈앞의 병사를 고꾸라뜨리자마자 옆구리를 노린 너댓 개의 창자루들이 날아들었다. 아서는 허리에 검을 붙여 그대로 돌아 창자루를 모두 잘라 버렸다.

[많이 늘었네.]

그를 흐뭇하게 바라보며 비안은 담배를 물었다.

[난 너희 둘 싸우는 걸 하도 봐서 모르겠다.]

펠은 시큰둥한 반응을 보였다.

[아서님도 충분히 훌륭하십니다.]

아서를 칭찬하는 크리스는 살짝 볼을 붉히고 있었다.

"켁!"

순식간에 반수 이상이 바닥에 고꾸라졌다. 병사들은 실력으로 아서를 상대할 수 없음을 깨닫고 뒤늦게 마을 사람들을 찾아 헤맸지만 이미 그들은 에드가 빼내 멀찌감치 사라져 몸을 숨기고 있었다.

"아따, 잘 싸우네……."

"우리가 도와주지 않아도 된다여?"

"보소, 그냥 놔둬도 어린아이랑 싸우는 것처럼 싸우는구만. 괜히 가서 짐짝 되지 말여."

아서의 싸우는 모습을 보는 마을 사람들은 웅성대고 있었다.

"보니까 그냥 여행자가 아닌게 벼."

"괜히 아까 쌀쌀맞게 굴었남……."

반응은 두 가지였다.

"아니, 저 청년은 우리를 왜 도와주는 거지?"

"저러다가 괜히 마을에 화가 미치는 거 아녀?"

불안한 목소리로 걱정하는 사람들과,

"그런 소리 마시게! 저 청년이 나서주지 않았으면 더 험한 꼴을 당했을지도 몰라."

"저놈들이 우리한테 창 들이대는 거 못 봤는감? 완전 찌를 기세였당께! 요! 요! 조디 얼굴 좀 보시게!"

"암! 착한 조디한테도 저리한 녀석들인데! 우리라고 다를 성싶은가!"

그의 행동을 옹호하는 쪽이었다.

"에드… 에드는 다르다. 저 아이 착하다. 에드 저 아이 믿는다. 저 친구……."

바보 행동을 할 때의 어눌한 목소리가 오늘 한층 더 떨리고 있다는 것을 에드 자신은 느끼지 못하고 있었다.

그리고 그것이 눈앞에서 춤추듯 싸우는 아서에 대한 기사로서의 피가 끓어서임은 더욱더 말이다.

싸움은 얼마 가지 않아 막바지에 다다랐다.

"더 이상 싸워봐야 무의미하다. 지금 당장 부상당한 자들을 데리고 이곳을 떠나라! 그렇지 않으면 더 이상 검에 사정을 두지 않을 거다!"

아서의 쩌렁쩌렁한 울림은 병사들 모두를 주춤 뒤로 물러서게 만들었다. 더욱이 더 이상 손속에 사정을 두지 않는다는 소리는 목숨을 빼앗겠다는 소리이기도 했으니 말이다.

병사들에게선 더 이상 이 해보나마나 한 싸움을 할 기력이 보이지 않았다. 소년인 상대는 그 누구보다 무시무시한 적으로 인식되었다.

끽해야 지방 영주의 사병인 자신들이 목숨을 내놓고 그를 상대할 필요도 없었다. 하지만 한 명만큼은 달랐다.

"저! 개자식을 죽여!!"

말에서 떨어졌던 사내는 뒤늦게 정신을 차린 듯했다. 그는 코에서 흐르는 피를 막고선 아서를 죽이라 소리치고 있었다.

"……."

하나 그 누구도 앞으로 나서지 않았다.

들고 있던 창자루는 바닥에 내려놓은 지 오래고, 쓰러진 동료들을 부축해 왔던 길을 그대로 돌아가는 이들도 생겼다.

"네놈들, 명령을 어기면 전부 감옥에 쳐넣을 것이다!!"

고래고래 소리치는 그를 바라보는 아서는 인상을 구겼다. 자신이 가장 싫어하는 부류의 인간이다.

앞으로 나서진 않고 누군가의 등을 떠밀며 거만함을 채우는 인간.

"말로 해서 안 들어먹으면……."

그는 곧장 비스듬히 잘린 창자루를 주워 들곤 사내를 향해 내던졌다.

슈악―! 콰직!

"히! 히이익!"

아서가 던진 창자루는 사내의 가랑이 사이에 정확히 꽂혔다. 놀란 사내는 다리가 풀려 자리에 도로 주저앉았고 더 이상 말을 떼지 못했다.

그가 입을 다시 연 것은 말을 타고 마을에서 멀찌감치 떨어졌을 때뿐이었다.

"두고 봐라! 반드시 영주님을 거역한 것을 후회하게 만들어주겠다!"

와아아―!

싸움이 끝나고 환호를 지르며 달려나온 마을 사람들은 아서를 둘러싸고 저마다 칭찬을 늘어놓기 시작했다.

"어휴! 어찌 그리 잘 싸우는감?"

"아까는 많이 서운했제?"

"자자, 우리 집으로 가세! 내 오늘 몸보신 시켜줄 거구만!"

"자자! 다들 조용! 조용히!"

결국 촌장이 상황을 정리했다.

그는 아서의 두 손을 꼬옥 쥐었다.

“고맙네. 아까 서운했던 일이 있었을 텐데도 우리 마을 위해 나서줘서 뭐라 내 면목이 없네.”

“괜찮습니다. 그리고 그렇게 하실 만한 이유도 알고 있으니까요.”

“그, 그런가? 다 알고 있는가?”

“예, 그리고 저 또한 한 사람을 얻기 위해 한 행동이니 마음 쓰시지 않아도 됩니다.”

“…에드 녀석 말인가.”

아서의 손을 쥔 촌장의 손아귀에 단단히 힘이 들어갔다.

“예.”

“그럼 가보시게. 무엇보다 에드의 의사가 중요한 것이니까.”

“감사합니다.”

아서는 멀찌감치에서 자신을 바라보는 에드에게 다가가섰다.

“정말 수고했네. 큰 빚을 졌군.”

에드는 아서에게 고개 숙여 감사를 표했다.

이실루드의 기사단장이었던 그로선 정말 큰 감사의 표시이기도 했다.

“처음부터 빚을 만들어놓을 생각이었으니까요.”

“하하, 나에게 도대체 뭘 원하는지 모르겠지만 지금은 정말 감사하네.”

“조만간 뭔지 알게 되실 겁니다.”

그날 밤 마을은 촌장의 필두 아래 아서를 환영하는 작은 파티를 열었다.

“자자! 이것 가지고 취하면 쓰나~! 더 마셔야지!”

한껏 취기가 달아오른 마을 사람들은 계속해서 아서에게 술을 건넸다.

“자! 내 잔을 안 받으면 섭하지! 아깐 진짜 미안했어! 서운해하지 말게!”

아서 또한 술을 그리 못 마시는 편은 아니었는지라 처음엔 버틸 만했지만 워낙 마을 사람들 또한 주당이었다.

그들은 아서가 열여섯 살이라는 소리에 화들짝 놀라했다.

“뭐? 열여섯 ?! 그럼 술은 그만 권해야겠네!”

“열여섯 살이면 어른인데 뭐 어때!”

“하하하, 얼굴이 벌건 걸 보니 무리하고 있는 건가?”

마을 사람들 또한 벌겋게 달아올라 있었다.

한껏 달아오른 분위기 따듯하게 타오르는 커다란 모닥불. 선선하고 딱 좋은 바람.

[보기보단 말술이네.]

비안의 말에 아서는 취기가 올라 붉게 달아오른 얼굴을 매만지며 작게 중얼거렸다.

“예전엔 전투를 마치고 나면 유일한 낙 중 하나가 술이었

으니 좋든 싫든 늘 수밖에. 하지만 역시 너무 오랜만에 마시
는 거라 몸이 따라주질 않네.”

그러자 펠이 코웃음을 쳤다.

[웃기지 말고, 네 몸뚱이는 지금 열여섯 살이거든?]

“응? 뭐라고? 전투?”

“아, 아니에요. 취해서 그냥 말이 막 나오네요.”

“그래그래, 많이 마시긴 했지~ 그나저나 이놈은 어딨지?!
피핀! 에드 녀석 어딨어?”

“어, 에드? 에드~ 에드는 어디 있나~ 저기 있네~!”

“야~ 이놈아~ 여기 와서 네가 좋아하는 고기 먹어라~”

멀찌감치에서 에드를 발견한 호탕한 남정네들은 고래고래
소리지르며 그를 불러댔다.

“에드으~~ 이노오옴아아아~”

에드는 나무 그루터기에 누워 잠을 자고 있는지 꿈쩍하지
않았다. 그 또한 마을 사람들이 권하는 술을 넙죽넙죽 꽤 많
이 받아 먹었었다.

“설마 벌써 뻗어버렸나~?”

“에이, 설마~ 저 말술이? 이렇게 좋은 날 자는 거면 깨워
서라도 데려와야지~ 암!”

팔까지 걷어붙이고 자리에서 일어나는 피핀을 아서가 말
렸다.

“앉아 계세요. 제가 불러오도록 하지요.”

"그래? 잠시 식히고 다시 오시게~!"

아서는 에드를 불러온다는 핑계로 자리를 피했다.

"에드 녀석이 우리 지붕을 고쳐줘서 이제 끄떡없지!"

"크하하! 그것 때문에 에드 기다리다 난 마누라 등쌀에 우리 집 장작, 나 혼자 다 팼다니까."

확실히 에드는 마을 사람들에게 필요하면서도 사랑받고 있는 존재임이 틀림없었다.

털썩—

비틀거리는 걸음으로 아서는 에드 곁에 앉았다.

에드는 잠들어 있지 않았다.

"주무시는 건 아니네요."

"뭐, 나는 말술이니까."

그의 두 눈은 조용히 밤하늘에 가득한 별을 올려다보고 있었다. 아서는 그의 곁에 앉아 멀찍이 있는 마을 사람들을 바라보았다.

[야하~! 오호~ 이 몸의 춤 실력을 보시라!]

펠은 흥에 겨워 모닥불 주변 춤추는 사람들과 함께 흥겹게 몸을 흔들고 있었고, 크리스는 그 옆에 앉아 흐뭇한 얼굴로 흥겨움에 젖은 사람들을 쳐다보고 있었다.

어느새 몸을 일으켜 앉은 에드 또한 아서와 마찬가지로 마을 사람들을 바라보고 있었다.

"좋은 사람들이네요."

"아아, 그렇지."

하지만 아서완 다르게 에드의 얼굴엔 그림자가 드리워져 있었다.

"지금은 병사들을 물려놨지만 저들이 어떻게 나올지 나는 심히 불안하지 않을 수 없군. 게다가 앞으로도 그 사금에 관한 얘기가 퍼지면 걷잡을 수 없이 많은 이들이 이 마을에 들어오려 하겠지."

에드의 말대로다.

수많은 전장을 헤집고 다녔을 그의 걱정은 눈앞의 위기에서 빠져나온 순박한 마을 사람들과는 달랐다. 애초에 한번 혼쭐이 났다고 해서 사금을 포기할 정도라면 이곳까지 올 리도 없었을 것이다. 아마 다음번엔 더 많은 수의 병사들을 이끌고 올지도 모를 일이었다.

아서 또한 에드와 같은 생각이었다.

그러나 아서는 이미 많은 생각을 정리해 놓은 상태였다. 아서가 입을 떼려는 찰나 에드가 먼저 그에게 물었다.

"너는 혹시 트라이던트 사람인가? 그 기관 출신의 소년들은 일반적인 기사들은 몇 합 안에 무릎 꿇게 할 정도의 실력자들이라고 하던데……."

조심스런 그의 물음에 아서는 쓰게 웃었다. 트라이던트의 소문은 이미 전대륙에 널리 퍼져 있는 상태였다. 그 기관이 만들어진 목적이 변질되지 않았다면 분명 명실공히 대륙에서 적수가 없을 기사단이 되었을 것이다.

"아쉽게도 그 기관을 저는 좋아하지 않습니다. 그들은 결국 병기가 될 뿐이니까요."

하지만 현실은 전혀 다르다는 것을 아서는 알고 있었다.

"고국의 자랑스러울 기사단일 텐데 병기라는 소리가 나오다니. 내가 모르는 것이 있는가 보군."

"예. 지금 당장은 자랑스러울 기관이 될 것처럼 보이나, 후에 반드시 그 본질이 변할 것입니다."

"어찌 그리 자신하지?"

에드는 표정에 의문을 담았다.

"그들을 육성하는 인물을 알고 있으니까요. 사람을 장기말처럼 생각하는 야심가를 말이죠."

야심가라는 말에 에드가 즉각 반응을 보였다.

"샤를로드 엘 모리함……."

"이실루드 쪽에서도 꽤 유명한가 보군요."

"아아, 사정이 좀 있어서 말이야."

그 사정이 뭔진 말하지 않았지만 아서는 무엇인지 묻지 않았다.

"고국에서도 당신이 이곳에 있다는 것을 모르고 있겠지요……."

"그렇지."

에드는 무겁게 고개를 끄덕였다. 행방불명이라고는 하지

만 알 만한 사람들은 전부 알고 있었다. 그는 전투에서 이탈해 행방불명된 자. 즉, 탈영병의 신분이라는 것을 말이다.

그가 몸을 숨긴 채 브리오니아에서도 이렇게 외진 곳에 자리한 숲에서 살고 있다는 것 또한 이해할 수 있는 일이었다.

"가족은 없으신지요."

"가족이 있었다면 아무리 이곳이 좋다고 한들 계속 눌러 있진 않았겠지."

쓸쓸해 보이는 그의 눈빛에 아서는 시선을 돌렸다.

그래, 지킬 것이 없던 그에게 생긴 것이 이 마을의 사람들이었던 것이다.

"그런데 왜 바보 연기를 하고 있는 겁니까?"

아서는 물었다.

"처음부터 작정하고 바보처럼 군 것은 아니야."

생각에 잠겨 있는 감성 젖은 목소리. 한창 취기가 올라오기라도 했는지 그는 속내를 털어놓듯 입을 열었다.

"순전히 이 마을에 들어선 건 우연이었지. 검은 갑옷을 둘둘 걸치고 피투성이가 된 나를 본 마을 사람들이 놀라서 소리를 질렀을 때야 난 내가 어디에 있는지 알았어. 난 그들과 마주하자마자 미친 사람처럼 소리지르며 갑옷을 내던지고 언덕으로 내달렸지……. 그러지 않으면 미칠 것만 같았어……."

그때를 생각하는 듯 에드는 눈을 감은 채 한동안 말을 잇지 않았다.

그가 입을 뗀 건 조금의 시간이 지난 후였다.

"그저 마을 한 귀퉁이에 있던 빈집을 찾아 조용히 요양하다가 사라질 생각이었지. 다음날 문 앞에 놓인 음식들을 보고… 또다시 난 사람들에게 불편한 존재, 두려운 존재가 되었구나 하는 생각에 며칠을 울었다. 애초에 이곳으로 도망친 것 또한… 내가… 이 손으로……."

그의 말은 감정에 휘말린 듯 이랬다가 저랬다가를 반복했다.

하나 아서는 그가 무엇을 말하고 싶어하는지 그의 떨리는 감정에서 느낄 수 있었다.

"이 손으로 군인이 아닌 자들을 죽였다는 걸 알았을 때… 그것이 갓 소녀의 티를 벗은 여자와 아이를 잃은 분노에 덤벼든 아녀자들이라는 것을 알았을 때, 나는 내가 쌓아온 삶과 지위가 모두 무너져 버림을 깨달았지……. 더불어 얼마나 전쟁이 부질없는 것인지도 말이야……. 지켜야 할 이들을 내 손으로 죽인 꼴이 되었으니까."

말을 잇던 에드의 두 눈은 어느새 붉게 달아올라 있었다.

"의욕없는 하루하루를 보내며 그날도 난 자리에 앉아 스스로를 자책하고 있었지……. 이럴 것이면 뭐하러 그곳에서 도망쳐 숨쉬고 살아 있느냐면서……. 자책하면서 변하는 것도, 달라지는 것도 없었어. 그저… 그때는 그것밖에 할 일이 없었지……. 그런 내 발에 작은 돌이 날아오더군. 보았더니 마을의 아이들이 날 바보로 알고 놀리느라 던진 거였어. 순간 웃음이 났어. 왜 그랬을까⋯⋯. 전장에서는 그 누구도 나의 눈을 똑바로 마주하지 못했었는데 이곳은 어째서 다른 것일까⋯⋯."

에드의 어조가 슬픔에서 약간의 희망으로 바뀌었다.

"그때 알았어. 마을 사람들이 나 몰래 집 앞에 먹을 것을 놔두거나 모포나 잠자리들을 가져다 놔준 것이 날 두려워해서가 아니라 나에게 연민을 느껴서 그리했다는 것을⋯⋯. 저들 앞에서 미소 짓는 나를 보며 아이들이 꺄르르 웃더군. 난생 처음이었다, 그런 밝은 웃음은⋯⋯. 한 번도 본 적이 없었어. 이런 평화로운 곳 또한 말이지. 그때 결심했다. 이곳에 있고 싶다고. 바보가 되어도 좋으니 이곳에 남아 이들과 함께하고 싶다고 말이야."

어느새 아서 곁에 온 펠과 비안, 크리스 또한 에드의 이야기에 귀 기울이고 있었다.

[짠하구만⋯⋯.]

[전쟁을 겪은 자들에게 있어 가장 커다란 시련을 이 사람은 맛본 것이군요⋯⋯.]

[나라도 도망쳤을 거야⋯⋯.]

세 영혼 모두 에드의 심경을 십분 이해한다는 반응을 보였다.

"당신이 이 마을을 정말 사랑한다는 것을 알았습니다. 동시에 마을의 위기를 벗어나게 해준다면 당신에게 더 큰 빚을 만들어놓을 수 있다는 것도요. 이왕 빚을 만들어놓을 거라면 확실히 해두는 편이 좋겠지요. 아까 말씀하신 병사들의 보복 문제는 저 또한 생각하고 있었습니다.”

“방법이 있나?”

“있지요, 마을 사람들에게 더 이상 피해가 가지 않을 방법이.”

“그것참 반가운 소식이군. 술기운이 단박에 달아나는 소리야.”

“그 영주라는 이는 더스틴이라고 했지요…….”

좌락—

아서는 품 안에서 꺼내 든 두루마리를 펼쳐 보았다. 이름을 짚어 내려가던 아서의 손가락이 ‘더스틴 베 리엘트’에서 멈췄다.

‘역시……. 익숙한 이름이라 생각했는데 귀족 반란의 자금을 대던 놈 중 하나…….’

에드 또한 그의 곁에서 두루마리를 읽어 내려가고 있었다. 그는 명부 안에 수많은 이름들을 보다 놀란 표정으로 아서를 바라보았다.

“이건……. 흠, 대체 무슨 생각으로 이런 명부를 만든 거지?”

“제가 해결할 사람들의 이름이지요.”

덤덤하게 대답하는 아서를 보며 에드는 놀라지 않을 수가 없었다.

그도 그럴 것이 이 명부에 있는 귀족들의 이름 중에 자신이 들어본 적 있는 이들만 해도 반 이상이 넘는 브리오니아의 수뇌들이었으니 말이다.

"이것은… 혹, 살생부인가?"

"뭐, 꼭 죽이겠다는 건 아니지만 의미가 그리 틀리진 않습니다."

"대체 자네는 뭘 하려는……."

아서는 조용히 에드의 귓가에 입을 가져다댔다.

"영주의 집에 들어가 수염을 자르고 경고장을 보내놓겠다고?"

아서를 바라보는 에드의 두 눈은 튀어나올 것처럼 커져 있었다. 그런 그에게 아서는 장난스런 미소를 지어 보였다.

"아마 등골이 오싹할 것입니다."

"그가 굴하지 않는다면 어찌하려고……."

"이미 자신의 사병으로는 감당하기 힘들다는 사실을 알았을 것입니다. 게다가 가장 안전한 자신의 자택에 침입자가 들어와 수염을 잘랐다는 것은 상상도 못할 일이지요."

"사병으로 감당이 안 된다면 당연히 왕성에 서신을 보내겠지. 어찌 되었든 영주의 뜻을 거역하는 반란이니까."

"예, 그러하겠지요."

“그런 위험이 있는데도 일을 진행하겠다는 건가?”

“예, 영주가 왕성에 보내는 서신은 도달하지 못할 것이니까요.”

“그게 무슨 소리지?”

“준비는 철저히. 왕성에도 믿음직한 저의 사람이 있습니다.”

“허, 허허…….”

브리오니아의 대귀족들의 이름을 적어놓고 그것을 살생부라 인정하는 데 있어 전혀 망설임이 없는 소년.

게다가 왕성에도 이미 자신의 사람을 심어놓았다 자신있게 말할 힘을 가진 그를 보며 에드는 자신이 지금 꿈을 꾸고 있는 것인가 하는 착각이 들었다.

‘검 솜씨도 그렇고, 이 능청스러움도 그렇고, 절대 저 나이 또래에선 찾아볼 수 없는 모습이다……. 대체 어디서 이런 녀석이 나왔단 말인가.’

웬만한 포부와 당참이 아니고서는 절대 생각할 수 없는 그런 일이었다. 게다가 이 많은 귀족들을 처리함으로써 도대체 무엇을 이루려는 것인지 에드로서는 전혀 감이 오지 않았다.

“행여 나라를 뒤엎을 생각인가?”

에드는 조심스레 입을 뗐다.

“글쎄요…….”

아서는 의미심장한 미소를 지어 보이며 자리에서 일어섰

다. 에드는 망치로 뒤통수 얻어맞은 사람 마냥 멍하니, 일어서 있는 아서의 뒷모습을 바라보았다.

크다.

소년의 뒷모습이라고는 전혀 생각되지 않을 정도로 그의 뒷모습은 커다랬다. 마치 거대한 산을 올려다보는 느낌이어서 에드는 저도 모르게 마른침을 삼켰다.

'이 무슨……'

에드는 그때 직감했다.

이 소년이 말하는 그 빚을 갚을 그날이 멀지 않았다는 것을……. 자신은 분명 이 소년을 위해서 자신이 알고 있는 그분과 이 신비한 소년을 만나게 해야 한다는 것을.

"아, 그리고 말씀 못 드린 것이 있는데."

"응?"

잠시 말하기를 주저하는 듯 보이던 아서의 입꼬리가 또 한 번 슬쩍 올라섰다.

"아까 병사들과 주민 사이에서 고민할 때 말씀드리려고 했던 것인데……."

"……?"

도대체 무슨 소리를 하려고 이러는지 궁금함에 에드가 입을 열려는 찰나, 잠시 고민하는 듯하던 아서가 먼저 입을 열었다.

"뭐, 괜찮겠지요. 사실, 제 생각엔 마을 사람들은 당신이 바보가 아니라는 걸 알고 있는 듯합니다."

"뭐, 뭐라고……?"

갑작스런 아서의 말에 에드는 취기가 한 방에 날아감을 느꼈다. 더욱이 술을 마셨을 때보다 더욱 벌게진 얼굴은 화끈거려 급히 고개를 숙여야 했다.

"그, 그게… 무슨 소리……?!"

말까지 더듬는 그를 보며 아서는 미소를 더욱 짙게 그렸다. 그의 시선은 멀찍이서 기쁨의 술잔을 기울이는 마을 사람들에게 향해 있었다.

"오늘 밤 그 사실을 확인해 보는 것도 나쁘지 않을 겁니다."

"……."

벙 찐 얼굴로 자신을 바라보는 에드에게 아서는 살짝 윙크했다.

"그, 그러니까……."

"오늘은 솔직할 수 있는 시간입니다."

"하아……."

에드는 더 이상 말을 잇지 못하고 멍한 얼굴로 아서에게 뻐금거리고 있을 뿐이다. 곁에서 상황을 지켜보던 비안은 아서를 보며 혀를 찼다.

[와― 이놈, 잔인하네.]

펠도 그를 거들었다.

[쟤 되게 뻘쭘하겠다.]

"하하, 그런가."

아서는 가볍게 웃으며 에드와 있던 자리를 떠났다.

크리스가 그의 곁을 함께 걸었다.

[어찌 되었든 오늘 밤. 그동안 끌어왔던 바보 연기는 막을 내릴 것 같네요.]

"그럴 것 같지?"

아서와 크리스는 조용히 웃으며, 자신을 반기는 마을 사람들을 향해 걸어가는 에드의 뒷모습을 바라보았다.

*   *   *

왁자지껄한 밤이 지났다.

다음날 새벽, 마을 사람들 모두가 곤히 잠든 그날.

아서와 에드는 조용히 그의 집에서 짐을 꾸리고 있었다.

"마을 사람들을 여기에 두고 가는 것이 좀 걸리긴 하네요."

자신의 계획을 들은 에드가 함께 영주의 성으로 간다고 했을 때 아서는 반대하는 입장이었다. 마을에 남겨진 주민들을 지킬 자가 필요했기 때문이었다.

"괜찮다. 젊은 청년들이 밖으로 많이 나가긴 했지만 사금을 찾으러 강 상류로 갔던 이들이 돌아오면 쉽게 마을에 해코지를 할 순 없을 거야. 게다가 하루 차이면 충분히 우리가 그 병사들보다 영주의 성에 다다르겠지."

에드의 말이 맞았다.

부상병도 있었기에 그들이 그곳에 대기하며 원군을 부르는 짓을 하진 않을 것이다. 그렇다면 우선 영주의 성으로 돌아가 채비를 하고 다시 마을에 부대를 끌고 올 것이었으니, 그전에 아서와 에드가 영주의 성에 도달하면 될 것이었다.

여기서 영주 성까지의 거리는 말을 타고 간다면 근 하루 반, 산을 내려가는 것까지 합친다면 근 이틀은 걸릴 거리였다.

훌렁—

거리 계산을 하던 아서는 옷을 갈아입기 위해 윗옷을 벗어던진 에드의 등을 보았다. 에드의 등엔 그동안 겪었을 수많은 전투가 남긴 상처들로 가득했다.

하지만 소문 무성했던 날개는 그려져 있지 않았다.

"날개 문신이 없군요……."

어리둥절한 표정으로 자신을 바라보는 아서를 보며 에드는 웃었다.

"행방불명 전 일부러 그 말을 흘린 거지. 행여 날 쫓아온 사람이 나라는 확신이 선다 해도 등에 날개 문신이 없다면 의심에서 벗어나기 수월할 테니까."

에드는 커다란 자루를 손에 쥐고 있었다.

"그건 뭔가요?"

“아마 네가 찾는 것.”

“??”

유심히 보지 않으면 그냥 잡동사니들을 쑤셔놓은 느낌이 강했다. 이 집 안에 들어오는 그 누구에게도 관심받지 않을 모양새였다.

슥—

그는 먼지 쌓인 자루를 풀어내더니 거꾸로 들어 안에 있던 내용물을 바닥에 쏟아냈다.

텅! 텅! 텅!

무거운 쇳소리가 방 안 가득 퍼졌다.

떨어진 것은 새카만 갑옷. 여기저기 자잘한 상처와 손질하지 않아 군데군데 삐걱거리는 그의 갑옷이었다.

“날개는, 보자……. 여기. 그래, 여기 있군.”

슥—

웃으며 그는 갑옷의 등 쪽을 들어 아서에게 보였다.

눈에 확실히 각인될 화려한 순백의 날개가 그의 몸통 갑옷에 선명하게 그려져 있었다.

“하하…….”

아서는 멋쩍게 웃었다.

“이건 여기서 영원히 잠들어 있어야 하는 거야.”

그는 꺼내 들었던 갑옷을 다시 자루에 주섬주섬 담아 구석에 던져놨다.

“그나저나 영주 성엔 어떻게 들어갈 생각이지? 월담을 하기엔 눈이 너무 많은데.”

확실히 에드의 말이 맞았다.

성벽이나 마찬가지인 영주의 집 담벼락을 넘는다는 게 어려운 것이 아니라 담벼락을 올라서는 데 있어 그들을 지켜볼 눈이 너무 많은 것이 문제였다.

영주 한 명에게 볼일이 있는 것이지, 그가 거느리고 있는 모든 사병들과 힘을 빼가며 문제를 해결할 생각은 추호도 없었다.

“흠, 그렇군요. 먼저 간다고 해도 들어갈 방법이 확실해야겠네요.”

에드의 물음에 아서는 잠시 생각하더니 입을 열었다.

“그럼 계획을 좀 변화시켜야겠습니다.”

“계획의 변화?”

그 말에 에드는 놀라 눈을 동그랗게 떴다.

‘이렇게 단번에?’

에드는 아서가 자신과 만난 후부터 한 번도 망설이는 모습을 본 적이 없었다. 그런 아서의 행동력은 에드의 혀를 몇 번이고 내두르게 만들었다.

Chapter 16
코털을 내놔라

　　바람은 선선하고 높게 떠올랐던 태양은 슬금슬금 구름에
가리워 붉은빛을 잃어간다. 태양에 가려 보이지 않던 달무리
가 영주의 성을 지키는 두 문지기의 눈에도 들어올 초저녁 무
렵.

　　"아… 오늘도 진짜 할 일 없네."

　　"할 일이라곤 고작 민원 제기하러 온 늙은이 내쫓기밖에
없고……."

　　"어쨌든 간에 삯은 두둑하니까."

　　"그게 문제냐? 난 검을 뽑아본 적이 언젠지도 모르겠어."

　　"난 이미 날이 녹슬어서 손잡이만 검집에 붙여놨다."

“크크! 그거 좋은데?”

“그럼~ 허리가 가벼워진다니까? 이 도시 샌님들에게 칼 쓸 일이 있긴 하겠어?”

“그럼 몽둥이 한두 방이면 아주 그냥! 어? 저거 뭐야? 사람인가?”

“뭐가? 응?! 저, 어? 우리 쪽 사람 같은데?”

이런저런 시답지 않은 농을 주고받는 두 문지기가 말을 끊은 것은 멀리서 비틀거리며 다가오는 한 병사 때문이었다.

다가오는 꼴을 보아하니 어디서 술을 거하게 걸친 것 같았다.

“술 좀 작작 처마시지…….”

“아니, 오늘 마을로 나간 병사들이라고 해봐야 좀 전에 야간 근무 나간 녀석들밖에 없는데? 나간 지 얼마나 됐다고 술이 떡이 돼서 들어와.”

“어? 그러네? 야! 너 뭐야!!”

그들은 자신들에게 비틀거리며 다가오는 병사를 향해 소리쳤다. 대꾸없이 다가오기만 하는 그를 보며 두 사람은 서로의 얼굴을 마주 봤다.

“뭐야? 인사불성인가. 한번 가봐.”

“에이, 귀찮게…….”

동료의 말에 한 문지기가 비틀거리는 병사에게 다가갔다.

“어이, 뭐냐니… 읍?!”

　잔뜩 찌푸린 얼굴로 비틀거리는 이에게 다가서던 문지기는 놀란 얼굴로 코와 입을 틀어막았다. 비틀거리는 이에게서 풍겨오는 냄새는 술 냄새가 아닌 비릿한 피냄새였기 때문이었다.

　게다가 행색 또한 멀찌감치에서 본 것과 달리, 투구를 쓰고 있는 얼굴을 알아볼수 없을 정도로 피칠갑을 하고 있었다.

　"어, 어이! 괜찮아?! 야!! 이리 와봐!"

　그는 다급히 비틀거리는 병사를 부축하며 동료를 불렀다.

　"이, 이게 뭐야?!"

　한달음에 달려온 병사도 놀라 입과 코를 막았다.

　"이거 그 금맥인지 뭐시긴지 찾으러 간 퀼튼 조장 표식이 잖아?!"

　병사의 어깨에 새겨진 표식을 알아챈 녀석이 떨리는 목소리로 입을 열었다.

　"뭐야?! 그럼 그 금맥이 있는 마을 사람들이 그랬다는 거야, 뭐야?"

　"야, 눈 좀 떠! 누가! 감히 누가 이리 만든 거냐!"

　부상을 입고 있는 것이 확실함에도 그들은 우악스럽게 병사를 흔들었다. 그러다 병사가 천천히 입을 열자 그들은 두 귀를 쫑긋 세워 그의 입가에 가져다댔다.

　"…가……."

　"응? 뭐라고? 다시 한 번 잘 안 들려."

“…내가.”

“내가?”

“그게 뭔 소리야, 내가라니…….?”

병사가 뱉은 말에 귀를 쫑긋거리던 그들은 처음엔 그것이 무엇을 뜻하는지 몰랐다. 하지만 금세 두 사람의 얼굴은 딱딱히 굳었다.

“지, 지금 무슨 소리를 하는 거야…….”

등줄기가 오싹해짐을 느낌과 동시에, 허리춤에 채워진 검을 향해 손을 얹으려는 찰나.

파밧—!

다 죽어가는 것처럼 보이던 부상병이 벌떡 일어섰다.

“뭐, 뭐야?!”

“!!”

하얀 이를 드러내 보이며 웃은 병사는 놀라 자신을 올려다보는 문지기의 뒷목을 손날로 내리찍었다.

뻐억—!

“쿠헙!”

둔탁한 뼛소리와 함께 사내는 지푸라기 마냥 쓰러졌다. 이어 그는 갑작스러움에 우왕좌왕하는 또 한 명의 가슴에 발차기를 날렸다.

“켁!”

그대로 나가떨어진 문지기 또한 정신을 잃고 쓰러졌다. 순식간에 두 사람을 쓰러뜨린 병사는 작게 숨을 골랐다.

"후우……."

이어 그는 쓰고 있던 투구가 갑갑했는지 벗어 바닥에 툭 내던졌다. 투구를 벗자 오똑한 콧날의 미소년 한 명이 모습을 드러냈다.

"생각보다 더 답답하네."

땀에 젖어 이마에 들러붙은 검푸른 머리카락을 떼어내는 그는 바로 아서였다.

달칵― 끼기긱―

아서는 곧장 병사의 품을 뒤져 열쇠를 꺼내 문을 열었다.

"이런 작전이 통할 거라곤 생각도 못했는데……."

"뭐, 상식대로라면 옆에 있는 이 종을 울리는 것이 순서겠지요."

아서는 장난스레 제 옆에 있는 커다란 종을 올려다보았다. 경계자들이 일이 터지면 급하게 연락하기 위한 종이었다.

'그럼 계획을 살짝 바꿔야겠습니다.'

아서가 말했던 바꾼 계획은 기존의 자신들이 마을에 왔던 병사들보다 먼저 영주의 자택으로 가 영주와 담판을 지으려던 것까지는 일맥상통했다.

다만 다른 것이라면 영주와 만나기 위해 성으로 들어가는 수단에 있었다. 보는 눈이 많았기에 꽤나 높은 자택의 벽을 타기는 어렵다. 그렇다고 무턱대고 정면돌파를 할 수도 없는 노릇이었다.

"병사들을 쫓아 그들의 퇴로를 막고 그중 한 명의 복장을 훔쳐야겠습니다. 그걸로 위장해 제가 영주의 자택 문을 열겠습니다."

그런 상황에 아서가 내놓은 비책은 에드의 어안을 벙벙하게 만들기에 충분했다. 그의 입장에선 이런 허술한 작전은 도저히 말이 안 되는 소리였기 때문이었다.

하지만 보라.

자신의 걱정이 무색할 정도로 너무나도 쉽게 아서의 작전은 먹혀들었다. 영주의 성으로 들어서면서도 풀리지 않은 에드의 표정에 미소를 머금은 아서가 입을 열었다.

"얼토당토하지 않은 이 작전이 통용되는 것이 이상한지요."

"솔직히 말하자면 그렇지……."

하지만 에드의 생각과 다르게 이번 일은 아서의 허점을 찌르는 계산이 있었기에 가능했다.

"너무 어렵게 생각하실 필요 없습니다. 일반적으로 에드님이 지휘한 병사들과 다르게 사병으로 있는 자들에겐 보고 체계가 확립되어 있지 못하니까요. 보고를 즉각즉각 하기보단 자신이 먼저 상황을 정리하고 난 뒤에 움직이지요. 그것을 노린 것입니다."

"상황을 알리는 것은 이 종 하나뿐인가?"

"그런 듯하네요."

아서는 곧장 종을 울리기 위해 길게 늘어뜨려져 있는 줄을 잘라 버렸다.

"굳이 다른 것을 놓을 정도로 치안을 유지해야 할 마을이 아닌 듯싶군요. 이미 대부분이 억압에 익숙한 상태라고 하나요……. 야간근무를 나가는 이들이 돌아오는 시간에만 맞춘다면 수월하게 움직일 수 있을 것입니다."

"허허, 거참."

군대에 익숙한 에드로선 사병들의 이런 어설프기 짝이 없는 모습이 이해할 수 없었다.

"영주들이 거느린 사병은 다 이런 식인가?"

에드의 물음에 아서는 그의 맘을 이해한다는 듯한 미소와 함께 입을 열었다.

"저도 처음 사병들과 마주했을 때 적잖이 놀랐습니다. 여러 의미로 에드님과 같은 생각에서지요. 하지만 군대도 부류가 있듯 사병에도 급이 있습니다. 전직 장교였던 군인이 속해 있다거나, 전쟁터에서 꽤 오래 굴러먹은 노련한 용병이라면 이런 작전을 세울 수도 없습니다. 말 그대로 얼토당토하지 않으니까요. 제가 이 작전을 세울 수 있었던 건 마을에 쳐들어왔던 병사들을 통해 수준을 판단했기 때문입니다. 외압을 위해 원정을 나설 자들의 수준이 이 정도라면 뭐……."

“허어…….”

아서를 바라보는 에드는 계속해 헛웃음을 뱉는 것밖에 달리 할 것이 없었다. 눈앞의 이 소년은 생각하는 것 이상으로 뛰어난 인재가 분명했다.

“영주의 방이 어딘지는 알고 있는 건가?”

“예, 대략적으로.”

“응?”

“보아하니 하인들이나 경비병들의 숙소는 자택에서 떨어진 곳에 따로 별채가 있는 듯합니다. 실질적으로 더스틴 같은 영주는 누군가를 내려다보는 것을 좋아합니다. 1층은 대부분 접대 용도로 쓰기 때문에 자신의 방을 마련하지 않습니다. 그렇다면 총 5층인 이 건물에서 사람의 발길이 뜸하여 창고로 쓰일 4층을 빼곤 3층이나 2층일 가능성이 높지요. 5층은 전망을 위한 특별 연회장으로 만들었을 가능성이 농후하고, 3층은 워낙 동선이 길기 때문에 대부분 2층에 자신의 방을 마련해 놓는 것이 귀족들의 특징입니다. 2층에 올라가 복도를 따라 들어갔을 때 가장 진귀한 물건들이 많이 배치되어 있다면 그곳에 영주의 방이 있을 것이고, 그것이 아니라면 3층을 뒤져봐야겠지요.”

“그, 그렇군…….”

“무엇보다 경비병이 가장 많이 배치되어 있는 곳이 바로 영주의 방입니다. 그 무엇보다 자기 자신이 소중한 인간이니까요.”

“그, 그렇지!”

마치 이런 곳은 제집과 같다는 양 거침없이 말을 이어가는 아서를 보며 에드는 두 눈을 소처럼 끔뻑이는 것밖에 할 일이 없었다.

에드 또한 예전 이런 저택에 살고 있었을 당시 아서의 말처럼 2층에 자신의 방이, 1층엔 접대실을 마련해 두었다.

“허허, 정말이지 너를 보고 있으면 산전수전 다 겪은 노련한 장군을 보는 듯하군. 이번 작전도 예상이나 생각만 하다 끝날 수도 있는 것을 과감히 실행해 보이다니. 강심장이로구만.”

“하하, 이실루드의 에드 드 래빗트님에게 이런 칭찬을 듣는 일이 생기다니 그게 더 떨리는군요.”

“하, 이거 낯부끄럽군.”

아서를 바라보던 에드는 작게 입맛을 다셨다. 말은 안 하고 있지만 지금 자신의 반 정도밖에 살지 않은 아서에게 많은 것을 배우고 있었다.

‘시간이 흘러 내 나이가 되었을 때 이 녀석은 대체 얼마나 성장해 있을까…….’

아서를 겪어본 사람이라면 누구라도 생각할 그것.

아서의 성장에 대한 궁금함을 가지는 건 에드 또한 마찬가지였다. 끝을 가늠할 수도 없고 혀를 내두르게 하는 그의 번쩍이는 기지는 모든 이들의 놀람을 이끌어낸다.

"그럼 난 여기서 대기하고 있으마."

에드는 쓰러진 문지기의 옷을 벗겨 입고 있는 상태였다. 몸집이 달라 옷이 심하게 꼈기에 그의 표정은 영 좋아 보이지 않았다.

[동생 옷 훔쳐 입은 거 같네…….]

[그러게나 말이다. 저 표정 관리 안 되는 거 봐라.]

비안과 펠의 핀잔을 에드는 듣지 못하는 것이 다행이라면 다행이었다.

[아서님……. 차라리 벗으라고 하십시오.]

크리스조차 난감해하는 얼굴로 아서를 돌아봤다.

"아, 아닙니다. 그보다 저희가 쓰러뜨렸던 원정대의 상태를 봐주셨으면 합니다. 그들이 깨어나 난리라도 피운다면 일이 꼬일지 모르니까요."

"음! 그럼 그곳에서 기다리도록 하지!"

아서의 말이 끝나기 무섭게 에드는 입었던 옷가지를 벗어던졌다.

스윽—

어둠 속에서 뻗어나온 손은 졸음과 싸우던 병사의 코와 입을 빠르게 막았다.

콱!

“헙!”

잠시 바둥거리던 경비병은 이내 실 풀린 인형처럼 축 늘어지듯 바닥에 쓰러졌다. 목숨을 빼앗지 않고서 이리 잠입할 수 있는 방법이 있다는 것은 좋은 일이다.

아서는 생각보다 별 어려움 없이 이동할 수 있었다.

이동하는 족족 켜져 있는 촛불들을 꺼뜨리는 것 또한 잊지 않았다.

퍽—

“윽!”

또 한 명, 손날에 정신을 잃은 경비병을 어둠이 드리워진 구석에 기대 놓은 아서는 발소리를 죽이고 영주가 곤히 잠들었을 방을 향해 걸음을 옮겼다.

스륵—

고급 목재에 기름칠까지 늘 하는 문이라 그런지 영주방으로 들어가는 문은 작은 소리도 없이 수월하게 열렸다.

영주의 방문을 지키던 보초까지 열댓 명의 경비병을 쓰러뜨리고 나서야 아서는 영주가 잠들어 있는 그의 방에 들어설 수 있었다.

발소리를 줄인 아서는 곤한 잠에 빠져 있는 영주 바로 앞까지 다가섰다.

“으음……."

세상 모르게 잠들어 있는 그를 내려다보는 아서의 표정이

복잡하다. 그의 목숨이 바로 제 손에 달려 있다는 것. 지금도 좋은 영주는 아니다. 하지만 후에는 더욱 질 나쁜 놈이 되어 있을 그를 알기에 아서는 그의 목숨을 취할까 하는 생각도 해 봤다.

[음, 그의 목숨을 뺏을 거냐?]

비안이 물었다.

아서는 고개를 저었다.

일개 지방 영주일지도 모르지만 목숨을 취한다면 그 여파를 아직 자신은 감당할 수 없기 때문이기도 했다.

그는 작은 코마개 두 개를 영주의 코에 넣었다.

깊은 잠에 빠지게 하는 마개였다.

이어 아서는 작은 면도날을 꺼내 영주의 얼굴에 가져다 댔다.

사각— 사각—

*   *   *

다음날.

"이게 뭐야아아아아!!"

그 어느 때보다 정신없고 분주한 영주의 자택에서 그의 비명 소리가 터졌다. 그의 앞에는 고개를 조아리고 어쩔 줄 몰라 하는 시종들과 그날 보초를 섰던 용병들이 자리하고 있었다.

챙강—!

영주는 손에 들린 거울을 신경질적으로 내던졌다. 깨어진 파편이 사방으로 흩어진다.

"대체 어젯밤 새 너희는 뭘 하고 있었던 거야!!"

"어젯밤에 도둑이……."

"도둑?! 도둑이 왜 이런 짓을 한 거냐!!"

"……."

"말해봐! 입이 있으면 말해보라고!"

잠에서 깨어났더니 자랑이었던 윤기 나는 콧수염이 싹 밀려 있었다. 아니, 단순히 수염이 밀린 것이라면 이렇게 흥분하지도 않았다.

자신의 자택! 그것도 가장 안전해야 할 자신의 방에서 이런 일이 일어난 것이다. 그것도 그 누구도 모르게 말이다.

이 말인즉슨…….

"마음만 먹으면 날 죽일 수도 있었단 말이지……."

거기까지 생각이 뻗자 그는 등줄기가 오싹해짐을 느꼈다. 일개 도둑이 자택 경비병들을 기절시키고 잠입할 리가 없다.

게다가 사라진 물건도 없었다.

그렇다면 자신에게 용무가 있었다는 건데, 어째서 이런 해괴망측한 짓을 했단 말인가.

"괘씸한……. 어느 놈이 날 망신 주기 위해 일부러 이렇게

했을지도 모른다. 어떤 놈인지 저번 연회 때 내 수염을 부러워했던 녀석이 분명해!"

노한 표정을 보이는 그 앞에 집사가 덜덜 떠는 표정으로 한 걸음 나섰다.

"왜!!"

호통친 그는 잡아먹을 듯한 눈으로 집사를 노려보았다.

"주, 주인님, 이것이……."

집사의 손엔 접힌 쪽지가 들려 있었다.

"이건 또 뭐야!"

팟—

영주는 집사의 손에 들려 있는 쪽지를 빼앗았다.

"영주님, 머리맡에 그것이 놓여 있었습니다. 아무래도 이곳에 다녀간 자가 남긴 듯합니다……."

"뭐?! 쪽지도 남겼어?"

그는 매서운 눈으로 반으로 접힌 쪽지를 펼쳤다.

더 이상 무고한 이들에게 강제 징수를 하지 말 것. 이를 어길 시 가차없이 목숨을 취하겠음.

또박또박하고 힘있는 글씨였다.

"…그, 사금맥을 가지고 있다던 녀석들이로군!!"

그는 당장에 쪽지를 구겨 바닥에 던졌다.

"당장 출정 준비해! 그 마을을 확 다 태워 버릴 테니까!"

"저, 그것이……."

이번엔 용병을 이끄는 자가 조심스레 앞으로 나섰다.

"뭐!"

"앞서 영주님의 전언을 위해 그곳으로 갔던 병사들은 모두 반병신이 되어 되돌아왔습니다."

"뭐야?! 몇 명이었는데?!"

"스무 명이 넘습니다."

"그렇게나 많이 갔는데 그랬다고?!"

"그쪽에 꽤나 솜씨 좋은 이가 있는 듯합니다. 들리는 소문엔 집채만 한 바위도 공깃돌처럼 던진다 하고……."

"집어쳐!!"

영주는 잠을 푹 잤음에도 붉게 충혈된 눈으로 사방을 훑어보며 고래고래 소리쳤다.

스무 명이나 당했으니 확실히 지금 병사를 이끌고 간다 하여도 뾰족한 수는 생기지 않을 성싶었다. 게다가 만에 하나 일이 틀어지기라도 한다면 자신의 밤은 그날부터 불안함과 공포의 잠자리가 될 것이 뻔했다.

한 번 들어온 놈이 또 들어오는 건 쉬울 테니까.

영주는 곧장 침소에서 일어났다.

"아얏!"

그는 바닥에 던져 깨진 거울 파편 중 하나를 밟고 말았다.

생각할수록 열이 나고 신경질이 난다. 깨끗이 밀린 수염 자리를 만지는 그는 눈물까지 그렁그렁 맺혀 있었다.

"당장! 왕성에 서신을 보낼 준비를 해라! 이건 반역이야! 마을을 쓸어버리겠어!"

"저… 그것이……."

이번에도 울상을 하고 있는 집사가 말을 이었다.

"또 뭐!!"

"전서를 배달하는 비둘기들이 모두 날아가 버렸습니다……. 전서를 보내려면 적어도 3일은 기다리셔야 할 듯합니다……."

"제기랄!!"

집이 떠나갈 정도로 크게 소리치는 바람에 나머지 이들은 손으로 귀를 막아야 했다. 그리고 한바탕 영주의 발광이 멈추고 나서, 마지막으로 꺼낸 집사의 한마디는 그의 뒷목을 잡고 쓰러지게 만들었다.

[카카카! 전서구들이 전부 날아간 걸 알면 속이 뒤집어질 거다.]

펠은 상상만으로도 흐뭇한 듯 배를 잡고 키득거리고 있었다. 크리스가 조심스런 투로 아서에게 말을 건넸다.

[혹, 사람을 직접 왕성으로 보내면 어찌합니까.]

크리스는 걱정이었지만 아서에겐 걱정거리조차 되지 않

왔다.

"왕성까지 사람이 갔다 오려면 넉 달은 더 걸릴걸? 그래도 모르니 혹 전령이 나갈 것을 대비해 에드님에게 귀띔해 두어 마을 사람들로 하여금 잠시 동안은 감시하도록 해야겠지."

이미 계산이 끝난 일이기 때문이다.

[거의 다 왔다.]

비안이 동산 너머 있는 울창한 숲을 가리켰다. 달무리를 따라 밤길을 걸어온 아서는 어느새 에드가 기다리는 약속 장소에 도착한 것이다.

"음, 이쯤에 있어야 할 텐데."

숲 안으로 들어선 아서는 에드를 찾아 두리번거렸다.

[야, 저기 있다.]

펠이 그를 찾은 듯 한곳을 가리켰다.

그늘진 곳에서 숙면을 취했는지 한껏 기지개를 펴는 에드의 표정은 한결 가벼워 보였다.

"후암~"

잡아두었던 병사들은 그가 한바탕 으름장을 늘어놓은 뒤 풀어주었다. 적어도 에드에게 협박당한 병사들이 다시 마을로 오는 일은 없을 것이다.

"오! 왔군!"

에드는 아서를 보자마자 반가운 얼굴로 한달음에 달려왔다.

그는 아서의 두 손을 꼬옥 잡았다.

"무사한 걸 보니 일은 잘 처리한 것 같군. 조금 늦는 것 같아서 걱정했어."

"전서구를 보내고 오느라 잠시 지체됐습니다."

아서의 말에 생각났다는 듯 에드가 고개를 끄덕여 보였다. 분명 왕성에 자신의 사람이 있다는 소리를 했다.

"전서구? 아, 왕성에 있다는 자네의 사람에게 보낸 건가?"

"예."

"한데 정말 괜찮겠나? 물론 그 영주의 병사들이 마을에 온다 해도 내가 못 막는 것은 아니지만, 왕성까지 개입된다면 껄끄러워질 텐데……."

"하하, 걱정 마십시오. 왕성이 개입될 일은 없을 겁니다."

확고한 그의 말에 에드는 더 이상 얘기를 꺼내지 않았다.

"그래, 네가 그렇다면 분명 그런 것일 거다."

아서의 어깨를 두어 번 토닥이며 그는 밝게 웃었다. 에드는 인정했다. 자신은 이 소년에게 푹 빠져 버렸다는 것을 말이다. 나이나 경험은 중요치 않았다. 그가 야심이 있는 사내라면, 자신은 기꺼이 그의 곁에서 그를 도울 것이라 다짐했다.

"자, 이제 마을로 돌아가야지."

에드가 아서를 돌아보았지만 아서는 고개를 가로저었다.

그가 놀라 되물었다.

"마을로 안 갈 건가? 다들 기다릴 텐데."

"저는 이쯤에서 작별할까 합니다."

갑작스런 그의 안녕에 에드는 아쉬운 듯 입을 다셨다.

"이런, 자네는 마을뿐만 아니라 나의 은인이기도 하네. 그런 사람을 이리 보내려니 아쉽군."

"조만간 다시 만나게 될 것입니다."

"조만간?"

"예. 그러기 위해 빚을 만들어놓은 것이니까요."

아서는 에드를 보며 매력적인 웃음을 지었다. 그 천연덕스러운 모습에 에드 또한 저도 모르게 헛웃음을 흘렸다.

"그럼 마을 분들에게 안부 전해주십시오."

어찌 보면 짧은 만남이었다.

하지만 그와 동시에 강렬한 만남이기도 했다.

에드는 휘휘 걸어 멀어져 가는 아서의 뒷모습을 물끄러미 바라보았다.

'저 같은 소년이라면 분명 그분에게 있어 큰 힘이 될 것인데…… 아쉽구나, 이렇게 보낼 바엔 차라리 저 녀석을 그분에게 보낼 것을……'

뛰어가 아서를 붙잡으려던 에드는 천천히 거닐었던 발걸음을 멈추고 뒤돌았다.

"아니, 분명 그가 나를 찾아오겠지."

아서가 자신이 생각한 만큼의 그릇을 가지고 있다면 그분에게로 반드시 이어질 것이고, 그러하면 아서는 분명 자신을 찾을 것이라 생각했다.

[야, 이대로 가도 되는 거야?]

펠은 그날 밤 에드의 마을에서 열렸던 축제가 마음에 들었던 모양이다.

"목적이라고 할 건 없지만 이미 달성해야 할 문제는 마쳤어. 에드 드 래빗트라는 사람에게 빚을 만들어두는 것."

[그가 적군의 유명한 기사단장이었다는 건 잘 알겠어. 하지만 그게 무슨 상관이지? 지금 그는 탈영병일 뿐이야.]

"음. 때가 되면 알게 될 거야."

[아오! 맨날 이런다니까!]

의미심장한 아서의 대답에 펠이 발을 동동 굴렀다.

[그럼 다음 목적지는.]

[아까 말씀하신 대로입니까?]

"그래, 크리스가 말한 그곳으로 가야지."

Chapter 17
대장장이 마을

[으아!!! 드디어 도착했다!!]

예전 명성에 비해 많이 초라해졌다는데도 불구하고 마을은 꽤나 커다랗고 모여든 상인들과 여행객들로 붐볐다.

[와, 이게 많이 초라해졌다는 마을이야? 도대체 예전엔 얼만큼이나 대단했다는 거야?]

마을로 들어선 펠은 활기찬 그 모습에 감탄을 내뱉었다.

캉! 캉! 캉!

마을 곳곳에선 망치질하는 쇳소리들이 연신 터져 나왔다. 마치 마을의 활기를 보여주는 것인 양 대장간 굴뚝에선 쉴 새 없이 하얀 연기가 뿜어져 올라오고 있었다.

“어이~ 좋은 물건 있으니까 여기 와서 둘러봐.”

“어차피 거기서 거기야. 발품 그만 팔고 이쪽으로 오시게~”

“지금은 한정 세일! 두 자루를 사면 한 자루 더!”

여기저기서 아서를 불러대는 대장장이들. 모두 까맣게 그을린 근육질의 남정네들이었다.

[오! 이것 보십시오 꽤나 잘 다듬어져 있지 않습니까. 오, 이것 또한 제련이 힘들 터인데 곡선이 잘 빠졌습니다. 꽤나 실력 좋은 분들이 모여 있군요.]

크리스는 아이처럼 이곳저곳을 둘러보기 바빴다.

[저놈이 제일 신났구만.]

비안은 늘 그렇듯 담배를 입에 물고 아서와 함께 거리를 거닐고 있었다.

“아무래도 무인이라면 이런 곳에서 가슴이 뛰게 마련이지. 나 또한 피가 뜨거워지는 것 같으니까.”

아서 또한 눈을 돌릴 때마다 새로운 이 마을의 소문을 익히 알고 있었다. 장인들이 모여 있어 정말 품질 좋은 무구들을 만들어내는 곳.

프란츠가 쓰는 검 또한 예전 이 마을에서 만들어진 검이었다. 게다가 그가 다녔던 기사학교에서도 좀 산다 하는 귀족집의 자제들은 이곳의 무구들을 골라 썼다.

아서 또한 집을 나섰을 때 들고 나왔던 검이 바로 이 마을 어딘가에서 만들어졌을 검이었다.

"어찌 되었든 그때 그 검보다 단단하고 좋은 놈을 골라야 하겠지."

돈은 넉넉했다.

도적 길드에서 가져온 금화, 에드에게서 감사의 사례로 받은 사금 덩어리, 게다가 더스틴 영주의 집에서 집어 들고 나온 보석류가 주머니 가득했다.

[저기 어떻습니까?]

[저긴 어때?]

[여기 좀 깨끗한데?]

그때부터 아서 일행의 쇼핑이 시작됐다. 마을에 자리하고 있는 대장간만 해도 수십여 개였는데 크리스는 그 모든 가게를 둘러볼 생각인 듯했다.

[아까 그 검 1골드에 사 가는 뜨내기 봤지? 진짜 진심으로 말리고 싶더라.]

[보니까 어디 무슨 영지의 사병들 같던데. 단체로 와선 우르르 사가니 그 가게 대박 났을 거야.]

[아무리 그래도 혓바닥에 속아서 그 정도 검을 1골드나 주고 사다니. 미친 게 분명해.]

"뭐, 그것 또한 장사하는 그들 나름의 사는 방식이니까."

수십 개의 가게를 둘러봤지만 딱히 마음에 드는 검은 보이지 않았다. 개중 그나마 나은 것들은 터무니없는 가격으로 바가지 씌울 요량이 다분했고, 그나마 좋다고 내놓는 검들 또한 아서의 성에 찰 리 없었다.

[이것들이 어디서 바가지 씌우는 법만 연구했나.]

[우선 와서 보고 가란 뒤에 안 산다면 얼굴 찌푸리기나 하고……. 와, 진짜 이건 아니지.]

상인들의 입장에서 본다면 얼굴에 귀티가 풍기고, 있어 보이는 자제처럼 생긴 아서는 그들에겐 세 치 혀만 잘 놀리면 돈을 얹어다줄 봉으로 보였을 것이다.

확실히 아서가 검을 보는 눈이 특출나거나 한 것이 아니었기에, 혼자 이곳에 왔다면 그 또한 다른 이들과 똑같이 바가지를 썼을 것이다.

하지만.

지금 아서 곁엔 검에 환장한 인물이 있지 않은가.

[아는 만큼 보인다는 것이지요!! 검을 사랑하는 마음, 내 분신을 고르는 일이기에 더욱 신중해야 합니다! 분명 어딘가에 숨겨진 보물이 있을 것입니다!]

의욕이 넘치다 못해 과잉된 것처럼 보이는 크리스.

"그래, 크리스가 맘에 드는 검이 진짜 검이겠지."

꽤 많은 상점을 돌아다닌 덕에 다리가 피곤해지기 시작할 무렵……. 슬슬 지루함을 느끼는 펠과 비안에게서 원성이 터져 나올 무렵이 다 되었을 때.

"이 가게는 으리으리하네……."

[하지만 문이 닫혔는걸. 보아하니 문을 닫은 지도 꽤 오랜

시간이 지난 듯싶고.]

펠이 가리키는 곳엔 폐점이라는 문구가 문 앞에 걸려 있었
다.

"그렇네……. 가게는 많은데 군데군데 커다란 곳은 대부분
문을 닫은 걸 보니, 휴점을 대거 하는 날일 수도 있겠고. 우리
가 날을 잘못 잡은 건가?"

[흐음, 그런가? 그럼 하루 정도 더 여유를 둬보지 뭐.]

[아니면 저기 어때? 저 영감 얼굴이 고집있어 보이는데.]

비안이 턱으로 가리킨 곳은 한눈에 보아도 허름한 대장간
이었다. 맞은편 화려한 대장간들에 비해 좋은 목을 차지하지
못해 뒤쪽에 위치한 느낌이 강한 곳이기도 했다.

[와, 분위기가 아주 대박 아니면 쪽박일 거 같은데?]

게다가 그곳엔 의자에 앉아 곰방대를 물고 있는 노인이 무
심한 눈으로 사람들을 바라보고 있었다.

그는 어떤 호객 행위도 하지 않았다.

장사가 되든 안 되든 물고 있는 담배를 뻐끔거리는 것이 그
가 하는 일과의 전부인 듯싶었다.

[대부분 저런 곳에 있는 자가 장인인 경우가 많지요.]

어느새 크리스는 눈을 반짝이고 있었다.

"그럼 이곳을 마지막으로 가보자. 이젠 해가 지기 시작해
서 빨리 숙소를 찾지 않으면 노숙해야 할 판이야."

마지막이길 바라며 아서는 노인이 앉아 있는 대장간으로

걸어갔다.

"검을 좀 보려 합니다."

아서를 흘깃 올려다본 노인은 무성의하게 대답했다.

"들어가서 아무거나 보고 맘에 드는 거 골라잡아."

그리곤 다시 담배를 입에 물곤 시선을 돌렸다. 그는 가게에 찾아온 손님에게 전혀 관심이 없어 보이는 듯했다.

[와, 되게 불친절하구만.]

[오, 이런 불친절함도 간만이야!]

[하지만 대개 이런 곳에 숨겨진 보물이 있는 법이지요!]

크리스는 끝까지 긍정적이었다.

한켠에 아무렇게나 담겨져 있는 수십 개의 검과 걸려 있는 갑옷들엔 뽀얀 먼지가 쌓여 있었다.

"음……."

노인은 전혀 가게 관리를 하지 않는 듯 보였다. 조금만 걸으면 단검이 앞을 막아설 때도 있었다. 이런 곳에서 뭔가 찾기란 어려울 성싶다는 생각에 아서가 발길을 돌리는 순간.

[아서님! 여기 와서 이것 한번 빼내주십시오!]

크리스가 아서를 불렀다.

곧장 자신을 부른 곳으로 달려간 아서는 크리스가 손으로 가리키는 검의 손잡이를 잡았다. 검은 가장자리 꽤 깊숙한 곳에 박혀 있어 쉽사리 빠지지 않았다.

"흐읍!!"

쭈욱—!

투당— 탕! 탕!

아서가 힘을 주어 검을 빼내자 쌓여 있던 다른 검들이 우수수 떨어져 내렸다. 자욱한 먼지가 사방으로 퍼졌다.

"케흑! 케흑!"

[와, 먼지 봐……. 이럴 땐 숨을 안 쉬는 게 편하구나.]

밖에서 앉아 있던 노인의 호통 소리가 가게 안을 쩌렁쩌렁 울렸다.

"이놈의 자식이! 가게 부술 셈이냐! 퍼뜩 고른 거 있으면 들고 나오고! 아니면 나가!"

[엇! 영감한테 혼났다.]

아서가 먼지를 피해 밖으로 나와서야 노인은 그에게 눈길을 주었다.

"뭘 고르기에 그리 요란스럽게! 응……?"

한껏 성을 내려던 노인은 아서가 들고 나온 검을 보곤 잠시 말문을 닫았다.

오랫동안 사람 손을 타지 않아 보이는 검에는 더덕더덕 먼지가 붙어 있었다. 그럼에도 날은 하나도 상하지 않았다.

"흥, 그래도 보는 안목은 있는가 보구만……."

꽤 좋은 녀석을 골라낸 아서의 모습을 아래위로 훑어보는 노인은 의외라는 얼굴을 하고 있었다.

[노인 분 말대로 이 검은 좋은 녀석입니다.]

자신의 예상이 적중됨에 크리스 또한 미소 지었다.

적어도 오늘 하루 종일 돌아다닌 곳 중에서 가장 검스러운 검을 만난 것이다.

[이참에 마나 소드에 견디는지 시험해 보지요.]

"그럴까?"

후우—

자리에 앉아 있는 노인네는 숨을 고르는 아서를 멀뚱거리며 바라보았다.

대체 저놈이 뭘 하려느냐는 표정이었다.

우우웅—

아서의 손에 들린 검이 작게 울었다.

화아악—

동시에 검날에 붙어 있던 먼지들이 기체로 화해 순식간에 사라져 버렸다. 매끈한 검신은 그 모습을 드러냄과 동시에 점점 붉은빛으로 물들어갔다.

스웅—! 스웅—!

아서는 마나 소드가 발동된 검을 허공에 두어 번 그어냈다.

"정말, 느낌 좋은데?"

날카로운 예기가 느껴지는 것이 확실히 예전 검들과는 확연한 차이를 보였다.

[이것도 산다 치고 한번 시험해 보죠.]

"그럴까?"

크리스의 말대로 아서는 눈앞에 너부러진 검 중 하나를 들었다.

그는 노인을 돌아보았다.

"이것도 살 테니 같이 계산해 주세요."

휘익—

아서의 손에 들렸던 검이 머리 위로 떠오름과 동시에 바람을 가르는 날카로운 파공음이 노인의 귓가를 때렸다.

"!!"

그와 동시에 믿을 수 없을 정도로 노인의 동공이 커졌다.

스악—!

종이를 칼로 베어버린 듯 머리 위로 던져진 검은 반듯한 면을 내보이며 두 동강 나 바닥을 굴렀다.

[흠, 나쁘지 않은데?]

"자, 자네 그거!!"

목석처럼 앉아서 별 관심을 두지 않았던 영감은 아서가 보였던 마나 소드를 보고선 놀라 한달음에 뛰쳐 다가왔다.

"이, 이거 사겠습니다!"

"아니! 그보다 방금 그거!!"

영감은 아까와 전혀 다른 눈으로 아서를 바라보고 있었다.

"정말 오랜만이다……. 정말 오랜만에 마나 소드를 구사하는 사람을 만났어……. 역시, 역시 분명 마나 소드……."

게다가 아서의 몸 여기저기를 주물거리기 시작했다.

[이 영감이 지금 성추행을!]

[아니요. 아마 아서님의 체형을 보고 있는 것일 겁니다.]

"오오, 이 이상적인 형태의 근육. 자네, 나이가 몇 살이지?"

"열여섯 살입니다."

"말도 안 돼!! 열여섯 살에 마나 소드를 구사한다고?!"

저도 모르게 크게 소리친 영감 덕분에 주변 상인들 또한 쫑 굿 귀를 세웠다.

"그거!!"

"마나 소드라고?!"

순식간에 주변 상인들이 대거 몰려와 아서를 둘러쌌다.

"이보게, 다시 한번 보여줘 봐."

"아니, 뭐 어렵진 않지만……."

슝—! 슝—!

"우와아아!"

"진짜 마나 소드 구사자다!"

다시 한 번 마나 소드를 휘두르는 그를 보며 사람들은 탄성을 냈다.

"이번엔 이 검으로도 보여줘 봐!"

저희 집 검을 들고 나와 건네는 사람이 있는가 하면,

"우리 가게로 오게! 그냥 검은 공짜로 주겠어!"

무작정 아서의 손을 잡고 제 가게로 이끌려 하는 이도 있고,

"아니! 우리 집으로 와! 우리 집은 갑옷까지 줌세!"

"어디 흐물흐물한 검으로 고귀한 검사님을 모셔갈려고!"

"내 필생의 역작을 자네에게 주겠네! 어떤가!"

서로 아서를 데려가기 위해 필생의 역작까지 내놓겠다는 이도 있었다.

"아, 저기……. 여러분의 마음은 감사하지만."

마치 제집으로 고수 모시기가 된 판국이었다. 자신에게 들이대는 근육남들에게 아서는 난감한 미소로 거절을 하기 바빴고 그런 그를 세 영혼은 한 발자국 떨어져 바라보고 있었다.

[와, 인기 좋네?]

[얘네, 마나 소드 처음 보나?]

펠과 비안의 말에 크리스가 밝게 웃었다.

[무구를 만드는 자라면 모름지기 실력자가 자신의 것을 써 주는 것만큼 보람되는 일은 없지요.]

"모두 조용히 햇!!"

노인네의 커다란 호통이 아니었으면 일대의 소란은 끝나지 않았을 것이었다.

뜨득—

그때였다. 노인의 호통에 맞춰 아서가 들고 있던 검에 균열이 일어났다.

"어, 검이……."

파직—

이내 그의 손에 들렸던 검은 조각조각 부서져 땅에 떨어져 내렸다.

"어어? 멜크 영감의 검이 부서져?"

"진짜야? 마나 소드에 못 버틴 거야?"

"그 멜크 영감의 검인데?"

"멜크 영감도 늙은 거지 뭐!"

노인의 이름이 멜크. 대장장이 마을에서 가장 오래된 대장장이 중 한 명이자 얼마 남지 않은 실력자 중 한 명이었다. 그런 그의 검이 부서져 내렸으니 사람들이 놀라는 것도 당연한 것이었다.

"영감 검이 못 버티는데 내 것이 버틸 리가 없지……."

"아아… 다 수도로 쳐가니 이곳도 이제 끝나겠구만."

다시 가게로 돌아가며 한탄하는 사람들. 개중에는 배짱을 부리던 사람도 있었지만 멜크 영감의 호통에 결국 모두 자리를 떠났다.

"정신없었지?"

한풀 꺾여 부드러워진 말투로 멜크 영감이 아서를 불렀다.

"아, 예……. 하지만 검이 부서져 버렸네요. 시험 삼아 자른 검도 그렇고 죄송하게 됐습니다."

"됐어. 버텨내도록 만들지 못한 내 책임이 먼저다."

[이 영감, 성격 맘에 드네.]

[장인이니까요.]

비안과 크리스가 말을 주고받는다.

확실히 부러뜨린 자를 탓하기보다 부러질 만큼 약하게 만든 제 잘못을 탓하는 것은 장인의 진심을 느낄 수 있었다.

[그럼 돈도 안 받으려나?]

중간에 분위기 파악 못한 펠이 끼어들긴 했지만 못 들은 걸로 하면 그만이다.

"보아하니 자네가 구사하는 마나 소드를 버틸 만한 검을 찾고 있는 것 같군."

"예, 여행하는 중에 검이 자꾸 부서져 불편함이 이만저만이 아니거든요."

쓰게 웃으며 말하는 아서를 보며 멜크는 웃었다.

"여행이라……. 좋을 나이지. 열여섯 살에 그런 경지에 올라섰다는 것도 정말 대단하고. 이래저래 날 놀라게 하는군."

"칭찬이라 생각하겠습니다."

"당연히 칭찬이지. 요즘 같은 시대에 자네 같은 인물을 만나면 목석도 자리에서 일어날 판이야. 내 평생 살면서 마나 소드를 구사하는 자를 네 명 정도 만나보았네, 물론 그들 모두가 내 젊었을 적 만든 검을 썼지. 하지만 그중에 자네가 네 번째이자 가장 특이한 마나 소드를 구사하고 있어. 검을 둘러싼 기운 또한 듣지도 보지도 못한 붉은색을 띠고 있고……. 특성조차 뭔지 짐작을 못하겠어."

역시나 오랜 시간 검과 함께한 이라서 그런지 마나 소드에 대한 지식도 박식했다.

"저 또한 제 마나 소드의 특성을 알진 못합니다."

"허, 그런가? 하지만 엔간한 마나 소드에도 버티던 내 검 중에서도 얼마 남지 않은 수작인 그걸 몇 번의 발동으로 부숴 버린 걸 보면…… 절대 보통은 아니야."

[확실히 아서님의 마나 소드는 다른 것들보다 강도가 높습니다. 그래서 버텨내는 검을 찾기가 더 어렵겠지요.]

"하지만……."

멜크 영감은 잠시 말꼬리를 흐리며 입을 닫았다. 그리곤 깊은 한숨을 내쉬곤 말을 이었다.

"아쉽게도 이젠 이곳에선 자네의 마나 소드를 견뎌낼 검을 찾지 못할 걸세."

[으이? 이건 또 뭔 소리야.]

아서가 놀라야 할 것을 펠이 놀랐다.

"이곳은 브리오니아뿐만 아니라 이실루드와 다른 나라에서도 무구를 공수하려는 곳이라 들었습니다."

"그것도 다 예전 이야기지……."

멜크는 곰방대에 담뱃잎을 넣고 불을 붙였다.

"한 4, 5년 전에 자네가 이곳으로 찾아왔다면 돈은 어마어마하게 들었겠지만 그에 걸맞은 검을 제련해 낼 수 있었을 거야. 그만큼 실력자들이 많았으니까. 하지만 보게."

그의 곰방대가 아직도 바글바글한 사람이 몰린 가게들로
향했다.

"보시다시피 수는 많지만 실력자는 보기 드물어. 예전의
이곳이 아니라는 소리지. 양은 많아졌는데 질은 떨어졌다. 결
국 떨어진 질은 명성에 먹칠을 하기 시작했고, 찾아오는 고객
들이 등을 돌리게 만들었지."

침통한 멜크의 이야기에 펠이 고개를 끄덕였다.

[하긴 그랬으니까 우리가 이렇게 뱅뱅 돌았지.]

[이거 얘기가 점점 난감한 쪽으로 돌아가는군…….]

비안 또한 멜크와 똑같이 입에 담배를 물었다.

"게다가 조금 남아 있는 실력자들 또한 수도로 대부분 가
버렸지."

멜크가 말하는 것.

실력은 점점 하향평준화가 되어버리고 그나마 남아 있던
실력자들은 수도로 가버린 것이 지금 이 마을의 실태였다.

"아쉽게 됐군요."

아서 또한 아쉬움 짙게 배인 대답을 건네야 했다.

마나 소드를 구사할 수 있게 되었지만 그에 걸맞은 무기를
찾기가 힘들다는 사실은 꽤나 아쉬운 일이었다.

후우—

깊게 담배 연기를 들이마셨던 멜크는 말없이 가게로 들어
갔다가 한참 후에 검 하나를 들고 나왔다.

그는 검을 아서에게 건넸다.

"이게 그나마 이 가게에 남은 녀석 중에 가장 쓸 만한 녀석이다. 아쉽게도 검집은 따로 만들지 않았어. 검집을 만들 정도의 녀석은 아니었거든. 아마 너의 마나 소드에 어느 정도 견딜지는 모르겠다. 난생처음 보는 것이라서 말이지."

그가 건넨 검은 한눈에 보아도 '좋다'란 말이 나올 정도로 잘 빠져 있었다. 그럼에도 장인 멜크는 그 검마저 아서의 마나 소드를 견디지 못할 것이라 생각하고 있었다.

"이래 봬도 2골드는 줘야 살 수 있는 검이야."

"정말 감사드립니다. 그럼 아까 제가 부쉈던 검들과 함께 계산하겠습니다."

"아니, 돈은 필요없다."

멜크는 돈주머니를 꺼내 드는 아서의 손을 지그시 눌러 내렸다. 그리곤 고개를 가로저었다.

"실력있는 검사에게 이 정도의 검밖에 해주지 못하는 것은 오히려 내 쪽에서 유감이니까."

멜크의 표정엔 정말이지 아쉬움이 짙게 배어 있었다. 그런 그를 아서는 가만히 바라보았다.

"……."

"…늙은이 얼굴에 뭐가 묻었느냐?"

"역시 사야 할 것 같습니다.

아서는 주머니에서 금화를 꺼냈다.

그리곤 받지 않으려는 멜크의 손에 억지로 금화를 쥐어주었다. 그의 손은 오랜 망치질로 인해 굳은살투성이였다.

"분명 받지 않는다고 했는데. 젊은 놈이 힘으로 늙은이를 제압하려 하는 거냐."

촤륵―

이어 아서는 탁자 위에 주머니에 남아 있는 금화를 모두 쏟아내었다. 어림잡아도 이백여 개는 훌쩍 넘어 보이는 동전이 눈부신 빛을 발하며 쏟아져 내렸다.

"이, 이게 무슨 짓이냐……."

그것이 끝이 아니었다.

턱―

아서는 쌓인 동전 위에 큼지막한 보석 하나를 올려두었다. 더스틴 영주의 집에서 슬쩍 가지고 나온 엘리제의 눈물이라 불리는 다이아였다.

[와, 이건 또 언제 챙겼대?]

보석을 발견한 펠의 얼굴에 싱글벙글 화색이 돌았다.

[허어, 이 크기 좀 보소…….]

엔간한 일에는 놀라지 않은 비안도 눈을 동그랗게 떴다.

"아마 이게 사라진 걸 알면 뒷목을 잡고 쓰러질걸?"

아서 또한 장난스레 웃어 보였다. 하지만 멜크 영감은 자리에 굳어버린 듯 표정 또한 변하지 못했다.

"이게… 대, 대체 무슨……."

웬만한 강심장이 아니고선 감히 쳐다도 볼 수 없을 정도의 돈이 눈앞에 떡 하니 나타나자 고지식해 보이던 멜크 영감 또한 저도 모르게 마른침을 삼켜야 했다.

"실력있는 검사를 위한 보답이라고 하셨듯 저 또한 실력있는 장인을 위한 보답입니다. 단, 저는 일종의 투자라고 할 수 있겠지요."

"…지금 늙은이를 데리고 장난하는 것이냐?"

"아닙니다. 지금부터 이 돈으로 많은, 그리고 품질 좋은 무기를 만들어주십시오. 그리고 다시 이 마을을 부흥시켜 주십시오. 그래서 몇 배의 이윤이 생기면 그때 제가 검을 쓸 자들을 데리고 영감님을 다시 찾아오겠습니다."

떨리는 손으로 보석을 잡아 든 멜크의 목소리는 떨리고 있었다.

"이 보석만 처분해도 천 골드는 족히 넘겠군. 이렇게 많은 돈으로 검을 만들겠다니……. 군대라도 만들 생각인가."

"그 이상이 될지도 모릅니다."

의미심장한 말을 건네는 아서를 보던 멜크는 끝내 고개를 가로저었다.

"실력있는 장인을 말한다면… 더욱이 이 돈을 받을 수 없네."

[와, 영감 진짜 똑부러지는구만.]

비안은 멜크의 올곧음에 꽤나 흡족해하는 것 같았다.

“영감님보다 더욱 실력있는 장인이 있다는 것입니까?”

“있지. 나 같은 것은 상대도 안 될 정말 천재 장인이…….”

“실력으로만 사람을 판단해서 이 일을 맡기는 것이 아닙니다.”

아서의 말만으로도 고맙다는 듯 멜크는 그 거친 손으로 아서의 두 손을 꼬옥 쥐었다. 처음에 냉소적이던 그의 마음을 아서가 녹인 듯싶었다.

“알고 있네. 자네가 어떠한 일을 하는 자인지는 모르겠지만 그 나이에 마나 소드를 구사하는 데다가 포부가 남다른 것을 보아하니 분명 귀인 중 귀인이라 불릴 사람이겠지. 하지만 그러하기에 더욱 그에 걸맞은 자와 함께하길 바라네.”

“이 마을에 있는 사람이 아니면 힘듭니다. 수도로 가기엔 저에게 주어진 시간이 그리 많지가 않습니다.”

“그는 이 마을에 있는 사람이네. 이 마을을 떠난 수많은 장인들 또한 그를 따라잡지 못함에 좌절하고 수도로 도망치듯 사라진 이들이 부지기수지. 그가 이 마을의 최고라는 건 그 누구도 부정하지 못해. 겁밖에 모르는 속 꼬인 인간이긴 하지만 실력 하나만큼은 내가 보증하네.”

멜크의 목소리엔 힘이 있었다.

“장사를 했었다 말씀하시는 건 이젠 그가 검을 팔지 않는다는 것인지요.”

“그렇지. 그는 오래전부터 산속에 틀어박혀 있다네. 원랜

내 가게 맞은편, 저 으리으리한 가게 주인이었는데 말이
지……. 비록 반년도 안 되는 짧은 시간만 장사를 했지만 그
의 검을 사려고 줄을 선 자들이 마을 밖까지 늘어져 있었지.
덕분에 나도 그렇고 다른 집들도 그동안은 파리만 날릴 정도
였어."

[아, 아까 그 커다란 가게?!]

[으리으리할 만한 실력이 있긴 했나 보군.]

어느새 모두가 멜크 영감의 이야기에 귀를 기울이고 있었
다. 멜크 영감은 탁자에 뿌려진 금화를 주머니에 담아 묶어
올리곤 말을 이었다.

"그런데 한 4년여 전쯤이던가, 어디서 주워왔는지 모를 검
을 가져와선 넋 나간 사람처럼 산속에 틀어박혀 나오질 않고
있지. 가게야 물론 저 꼴이 되었고. 산속엔 그의 공방이 있긴
하지만 그 누구에게도 물건을 팔지 않고 방문자도 받지 않는
상태야."

[물건을 골라 팔 수 있는 실력이 있다 이건가.]

[아니 애초에 팔 생각이 없는가 본데.]

[이럴 땐 대부분 두 가지입니다. 그 주워왔다는 검을 보고
깊은 좌절을 겪었다거나, 아니면 자극을 받아 그 검을 뛰어넘
는 것을 만들려 한다거나.]

"분명 그가 보이지 않기에 다른 집들 장사가 수월해지긴
했네. 하지만 마을의 자존심이었던 그가 없어지니 그만큼 사

람들은 나태해졌지. 이래저래 눈앞의 이익만 좇다가 전부 망해 버릴 판인데……. 쯧, 저놈들은 그걸 모른단 말이지."

멜크 영감의 이야기는 그가 혀를 차며 끝이 났다.

"그럼 제가 그분을 만나보겠습니다. 그리고 될 수 있는 한 이쪽으로 데려와 멜크 영감님과 함께 일하도록 설득해 보지요."

"그러니까 나보단 그 녀석을……."

"감사한 이야기입니다만 전 영감님이 이 일의 주축을 맡으셨으면 하는 생각에 변함이 없습니다. 하지만 실력이 그 정도로 뛰어나다 하시면 개인적으로 그분에게 제 검을 꼭 의뢰해 보곤 싶군요."

"하아……. 이거 꽉 막힌 놈일세."

아서의 고집에 멜크 또한 두 손 들었다.

"뭐, 만나봐서 손해는 없겠지. 롱베르크가 검의 달인이긴 하지만……. 자네 정도 실력이면 마구잡이로 쫓겨나진 않을 것이기도 하고."

"검도 잘 다루는가 보군요."

"꽤 잘 다룬다고 보면 되네. 나 같은 대장장이가 검사들이 검을 다루는 것을 보고 평가할 정도는 아니지만 그리 느꼈으니까."

결국 아서의 고집대로 그 많은 돈은 그대로 멜크가 맡기로 했다.

멜크 영감의 도움으로 아서 일행은 사람들로 북적이는 숙소에서 예약도 없이 꽤 좋은 방을 얻을 수 있었다.

짐을 풀고 윗옷을 벗어 던진 아서가 세 영혼을 돌아보았다.

"내일까지만 이곳에서 일을 보고 가야겠어."

[뭐 그리 급한 일이 있어?]

"내일 모레, 떠나지 않으면 제시간에 트루발 항구에 도착하지 못할 것 같아서."

[트루발이라면 그…….]

지도에 표시되었던 곳을 생각하며 비안이 머리를 짜내 본다.

하지만 아서의 말이 더 빨랐다.

"트리시스로 가기 위해 육지로 돌아가지 않고 해상로로 한 번에 갈 수 있는 곳이지."

[그 트리시스에 급히 가야 하는 이유가 뭔데?]

"만나야 하는 사람이 일 년에 한 번 그곳에 사교 모임을 열지. 그 시간에 맞추려면 어쩔 수 없어."

[사교 모임이라……. 술 먹고 자기 자랑 늘어놓는 그거?]

"뭐, 표면적으로는 그렇지."

[그 만나야 할 사람이 누군데?]

"예전 귀족 반란 때 내가 가장 눈여겨보았던 사내, 드라이덴."

그는 누구보다 눈부신 재능을 가졌으나, 그것을 내보이지 못하고 감춰야 했던 사내였다.

　[음, 그런 것이라면 아서님 말씀대로 이곳에서 지체할 시간이 그리 많지 않을 것 같군요. 아쉽지만 그리할 수밖에요.]

　크리스는 못내 아쉬운 표정이다.

　하나 어쩌겠나. 일 년에 한 번 돌아오는 그 찬스를 잡지 못하면 또다시 일 년을 기다려야 하는 판국인데 말이다.

　"물론 며칠 정도 여유를 가지고 세운 계획이니까 너무 조바심 낼 필요는 없겠지만."

　아서는 그동안의 피로를 풀듯 크게 기지개를 펴고 자리에 누웠다.

　펠은 그런 그를 내려다보며 감탄 어린 말을 꺼냈다.

　[너 진짜 어렸을 때 많은 준비를 해뒀구나.]

　"단순히 국내 여행을 다니는 게 아니니까."

　아서는 웃으며 침대 위에 앉았다. 그리곤 조심스레 전부터 궁금했던 이야기를 꺼내놓았다.

　"그보다 묻고 싶은 게 있었는데."

　[응? 묻고 싶은 것?]

　펠이 가장 먼저 아서 곁에 붙었다.

　"나이첼이란 사람에 관한 것. 그리고 너희가 싸웠고 앞으로 내가 싸워야 할지도 모를 그 마룡에 관한 것."

　아서의 물음에 펠이 고개를 끄덕였다.

　그러고 보니 아서에게 나이첼이나 도마뱀에 대한 이야기

를 제대로 해준 적이 없는 듯했다.

[하긴, 나이첼의 열쇠에 대한 중요함도 잘 몰랐으니까. 이쪽 시대나 너희 쪽 애들에겐 마룡과 싸운 우리의 이야기도 상상이 잘 안 되겠지?]

"아무래도 그렇지."

아서는 솔직하게 고개를 끄덕였다.

사람과 사람이 싸우는 것만으로도 충분히 이리 무서운데 본 적도 없는 신화 속 생물과 싸운다? 쉽게 상상할 수 없는 일이었다.

[그럼 잠시 짬 내서 나이첼 이야기를 좀 해볼까?]

바닥에 주저앉아 있던 비안이 담배를 꺼내 들며 말했다. 그런 그를 물끄러미 바라보던 아서가 물었다.

"전부터 묻고 싶었는데, 그 담배 대체 얼마나 많은 거야?"

[하하. 이 담배로 말하자면 수작업으로 만들어내는 거랄까? 나이첼이 만들어준 건데, 이게 신기한 게 재료만 넣고서 이 버튼을 딱 누르면! 짠! 하고 담뱃잎이 완성되어 나오지.]

담뱃갑을 꺼내 자랑하는 비안을 보며 아서는 또 한 번 고개를 갸웃거렸다.

"흠, 원리는 그렇다 치고. 그럼 그게 무한으로 담배가 나오는 도구라는 거야?"

그러자 펠이 웃었다.

[킥킥! 무한으로 나오는 게 어딨냐? 그런 게 있었으면 벌써

담배 팔아서 부자 됐겠다.]

"쓥, 그래서 물은 거잖아."

[뭐, 그러니까 일종의 구체화 마법 같은 거라고 보면 돼. 현실에선 나이첼이 만들어줬지만 이쪽에선 내가 마나의 흐름을 뭉쳐 만들어준 거니까.]

"나름 쓸모있는 재능이네."

[이 몸은 위대하니까!]

아서의 작은 감탄에 펠은 금세 우쭐해졌다.

[어?]

"왜?"

그러다 문득 뭔가 떠오른 듯 아서를 바라보는 펠은 묘한 웃음을 그렸다.

[그러고 보니 지금 비안이 만들어내는 담배들도 따지고 보면 너한테서 나오는 거네?]

아서를 매개체로 삼고 있는 그들이었으니 비안이 구체화시켜 피는 담배 또한 따지고 보면 아서의 힘을 빌리는 것이었다.

그 말에 비안도 킥킥거리며 웃음을 흘렸다.

[어, 그런가? 카카카카! 고맙게 피우마.]

"이거 오늘부터 금연을 권장해야겠군."

[좀 봐줘라. 손이 떨린다고.]

짝짝—

비안이 담배에 대한 넋두리를 풀어놓으려는 찰나 펠이 손뼉을 마주쳐 말을 막았다.

[자자, 됐고. 하려던 얘기나 하세요.]

[아, 그랬지.]

[어디부터 얘기해야 하나……. 흠, 우선 매일 입에 달고 살던 나이첼이 누군지 알려주는 편이 좋겠지?]

아서 또한 나이첼에 대해 꽤 많은 궁금증을 가지고 있었다.

"이럴 줄 알았으면 빨리 물어볼 걸 그랬네."

말은 많이 나오는데 도대체 그가 누군지 알 수가 없던 것이다.

그것을 알기 위해 자신이 읽었던 수많은 책에서도 나이첼이나 마룡에 관한 언급은 단 한 차례도 없었다.

그것은 물론 곁에 있는 세 명 또한 마찬가지였다.

[나이첼의 집안은 대대로 신탁을 받은 사제? 같은 것이랄까. 비안이 신을 믿고 그의 힘을 하사받아 행하는 반면, 나이첼 집안은 신 자체가 그들의 직계 조상이 되는 곳이었지. 따지고 든다면 하프이긴 했지만 워낙 직계가 직계이다 보니 그 위엄은 전혀 달랐어. 나라의 국왕들조차도 나이첼 집안엔 경의를 표하고 그들의 말에 고개 숙였으니까.]

확실히 신의 피가 흐르는 반신의 집안이라면 그 누구라도 그러했을 것이다. 비안의 이야기가 시작되었을 때쯤 크리스 또한 그들 곁에 앉아 비안의 얘기를 듣고 있었다.

[오랜 시절부터 그랬다라는 말에 근거해 대접받던 시절이었으니까. 나라를 다스리는 국왕의 아버지는 자신이 어렸을 때부터 알고 있던 그 이야기를 제 자식에게 알려준 것일 테고, 그 아비 또한 제 아버지에게 들은 이야기를 아들에게 말해줬을 거야. 그렇게 거슬러 올라가다 보면 아버지에 할아버지에 까마득히 먼 예전에 왕가의 피를 이어받았던 그 누군가가 신의 아들이라 칭송받던 나이첼가의 사람 중 한 명을 모셨던 적이 있었겠지.]

[실제로 그의 가문이라고 해봐야 특별한 힘을 가진 사람은 이젠 찾아보기 힘들었어. 시간이 지날수록 그 힘이 희석되어 더 이상 사람들이 그들을 추앙하는 일 또한 대부분 사라졌고. 세월이 지나 나이첼 가문이 가지는 것은 상징성이었을 뿐 더 이상 왕권도 사람들도 그들에 대해 신경 쓰지 않는 상황이 되었지.. 되려 그동안 발전해 온 마법사와 사제들이 그 실권을 잡으려 서로 다툼을 벌이게 되었고 말이야. 여담이지만 마법계 쪽에선 펠이, 사제 쪽에선 내가 가장 우수했었다. 둘 다 그런 쪽엔 관심이 없었지만.]

[에헴! 이 몸은 대륙에서 찾아볼 수 없는 천재셨지.]

펠의 표정에 자부심과 거만함이 들어섰다. 비안 또한 나름 거만한 표정을 지었다.

하지만 그것도 잠깐이었다.

[뭐, 그것도 나이첼이 태어나기 전까지였지만……]

비안은 나이첼의 이야기를 쓴웃음으로 이었다.

[말 그대로 사제와 마법사들이 대륙에서 자신들이 최고다 뭐다 하고 있을 당시. 그리고 그의 가문은 사람들의 머릿속에서 잊혀지려고 하는 사이, 나이첼이 탄생했다. 결론만 말하자면 그는 모든 것을 바꿔 버렸어. 아니, 바꿨다기보단 다시 모든 이들의 중심에 자신들이 서도록 되돌려 놓았어. 그의 존재는 그야말로 특별했어. 일반인들이 철이 들기도 전인 어린 나이에 이미 그는 마나의 근본을 이해한 사람처럼 마법을 쓰는 데 있어 전혀 제약이 없었고, 검을 다루는 데 있어 그 누구도 그를 따를 수 없었으며, 신의 힘을 마음대로 주무를 수 있는 그런 존재가 되어 있었어. 말 그대로 인간의 모습을 한 신이나 마찬가지였지. 그런 그 앞에서 사제나 마법사들의 다툼은… 무의미했지.]

그는 잠시 말을 멈추고 숨을 골랐다.

[휴, 말이 길어지는군……. 뭐, 결국 마법사도 사제도 기사들도 왕들도 모두가 나이첼을 추앙하는 것으로 마무리되었지. 하지만 두 집단 모두 나이첼을 자신의 편으로 끌어들이기 위한 수작을 멈추지 않았어. 나는 그 모습에 염증을 느끼고 꽤 오랜 시간 사원에 등을 돌리던 때였고. 펠 저 녀석은 원체 연구실에 틀어박혀 세상과 단절하길 밥 먹듯 한 녀석이었으니까…….]

[그때 이 몸은 위대한 이론을 정립 중이셨지. 동시에 몇 가

지 원소를 다루게 되는, 세계를 발칵 뒤집을 놀라운!]

[지금 나이첼 얘기 중이거든?]

[아, 계속해…….]

비안의 핀잔에 웬일인지 펠이 순순히 수긍했다.

그만큼 그들에게 있어 나이첼이라는 사람의 존재는 커다란 무엇이었나 보다.

비안은 잠시 끊었던 말을 이었다.

[여하튼 나이첼은 근본적으로 그들과 달랐어. 그는 다툼을 좋아하지 않았고 권력에 대한 욕심도 없었거든. 그의 가문 사람들이 다시 돌아온 실권에 기뻐할 때에도 그는 전혀 그런 것에 관심을 두지 않았고 대륙을 떠돌며 자신이 행하고자 하는 일들을 해나갔지.]

"그것이 바로 앞서 말했던 나이첼의 열쇠와 관련된 것들인가."

[아니, 나이첼의 열쇠는 좀 뒤에 만들어졌어. 그 시기가 한창 인간들이 다툼을 끊지 못하던 전국 시대. 사람들의 욕심은 끝이 없었지. 자신들에게 내려진 대륙만으로는 성이 차지 않았기에 서로의 땅을 차지하기 위해 싸움을 해왔고, 인간과 다른 종족, 태고의 모습을 그대로 가지고 있는 자들은 아니었지만 땅의 백성과 숲의 주민들의 터전까지 침범하기에 이르렀지. 사람을 죽이는 무시무시한 병기들을 하루가 멀다 하고 발명했거든. 그러다 그들은 결국 건드려선 안 되는 존재에게도

칼날을 들이대었지.]

"마룡 말인가……."

[그래, 어리석어도 너무나도 어리석었어. 결국 카브라의 화를 돋우어 버린 나라 중 하나가 지도에서 완전히 사라져 버렸지. 그 정도에서 끝나야 했는데……. 너무나 칼 같은 결과가 오히려 인간들의 반발심을 키워 버렸지. 하지만 전쟁은 일어나지 않았어. 아니, 일어나지 않았다기보단 일어나지 못했지. 일어났다면… 아마 인간들은 전부 죽었을 거야.]

"일어나지 못했다?"

의아함이 들었지만 이어진 비안의 이야기가 해결해 주었다.

[나이첼이 그 중간에서 일을 조율했거든. 나이첼은 대륙에서 한 나라가 사라진 것을 매우 슬퍼했어. 게다가 나이첼은 카브라의 유일한 친구이기도 했고. 그는 카브라를 진정시킴과 동시에 자신의 정체를 숨긴 채 인간들이 그에게 더 이상 창부리를 겨누지 못하도록 그들이 발명한 병기들이나 마력의 원천들을 찾아 파괴하거나 봉인하기 시작했지. 그를 진정시키면 될 일이었어. 그리고 그때 우리들과 나이첼이 처음 만났지.]

비안이 입을 다물자 이번엔 펠이 말을 이었다.

[그 도마뱀 녀석이 처음부터 마룡이었던 것은 아니야. 단호하고 폭력적이긴 했지만 자신의 영토를 침범하지 않는 이상

인간을 신경 쓰거나 하는 존재는 아니었거든. 다만 그가 표시한 영역의 땅이 인간의 생각엔 너무나도 크고 탐이 났던 것이지. 따지고 보면 카브라가 마룡이 되어버린 것 또한 인간의 업보였어. 시간이 지나서 느끼는 거지만 하나부터 열까지 전부 인간의 과오로 일어난 일들뿐이지. 자신들을 보호하기 위해 헌신적으로 살아온 나이첼을 죽인 것이 바로 인간들이었으니까.]

그 말에 아서는 또다시 의아함을 품어야 했다. 신의 아들이자 모두에게 추앙받던 존재가 어찌 인간들에게 외면받기 시작했는지는 앞서 설명에서 알 수 있었다.

하지만 죽임을 당했다는 건 쉽사리 이해할 수 없었다.

"그는 신과 같이 강했다면서 인간들에게 죽임당한 건가?"

[그게… 후…….]

나이첼의 죽음을 이야기하던 비안은 또다시 입을 다물었다. 왠지 붉게 충혈되어 보이는 그의 눈동자에선 금세라도 눈물이 떨어질 것만 같아 보였다.

그는 말없이 꺼내 든 담배를 물었다.

"……."

이번에도 펠이 그의 말을 이었다.

펠 또한 한층 목소리가 낮아져 있었다.

[음, 나이첼은… 인간을 공격하지 않았어. 끝까지 인간을 사랑했으니까. 그러했기에 도마뱀, 아니, 카브라가 더욱 화가

났겠지. 그렇게까지 그들을 사랑하고 헌신적이었던 나이쳌의 가슴에 검을 박아 넣은 인간들이 벌레보다 못하게 느껴졌을 거야. 도마뱀이 밉긴 하지만 이해 못하는 것도 아니야. 그때까지만 해도 녀석 또한 이성이 있었으니까.]

"그랬군……."

인간들의 일방적인 공격을 받아주었기에 나이쳌은 만신창이가 되어버린 것이었다.

[그리고 자신을 해하기 위해 달려든 인간과 맞서던 카브라는… 제 눈앞에서 죽고 마는 나이쳌을 보곤 결국 마룡이 되었습니다.]

어느새 멀찌감치에서 대화를 듣고 있던 크리스도 두 영혼 옆에 앉았다.

"마룡이라는 것은 일반적인 드래곤과 다른가?"

펠은 아서를 향해 손가락을 까닥여 보였다.

[노노노, 전혀 달라. 드래곤이란 말 그대로 선인을 뛰어넘은 존재이지. 선을 넘지 않는 이상 무언가 요구하는 것도 해를 끼치는 것도 없어. 하지만 마룡은 달라. 한마디로 파괴에 빠져 미쳐 버리는 거야. 인간으로 따지자면 광전사 같은 느낌이랄까.]

눈앞의 생명이 다 꺼질 때까지 검을 휘두르길 멈추지 않는다는 광전사. 그의 눈에는 아군도 적도 없고 오직 자신을 해하고 분노의 대상으로 상대가 식별된다는 얘기가 있었다. 가이진이 아서와의 싸움에서 보였던 술법 또한 광전사에 가까운 것이었다.

후우—

담배를 깊게 들이마셨던 비안이 연기를 뿜었다.

[인간이 사죄하고 반성하는 것으로 카브라가 노여움을 풀 상황이 아니었다. 이미 모든 것은 틀어져 버렸지. 그는 이미 마룡으로 변모해 버렸으니까.]

크리스 또한 고개 숙이고 있었다. 그때를 회상하는 것 마냥 손가락으로 바닥에 무언가를 써내려 가고 있었다.

[사람들은 저희를 영웅이라 부르지만 저흰 영웅이 아닙니다. 단지 자신들이 저질러 놓은 실수에서 살아남기 위해 발버둥치고 맞선 바보들일 뿐이지요. 어쩌면 우리는 영웅이라기보단 악인들의 대표라는 것이 맞을 수도 있겠습니다.]

그가 바닥에 쓰고 있는 것은 '정의' 라는 단어였다.

[쩝.]

마땅히 할 것 없어 보이던 펠은 입맛을 다시다 아서와 눈을 마주했다. 비안과 크리스 모두 골똘한 생각에 빠져든 것처럼 보였기 때문에 펠이 또 한 번 말문을 열었다.

[하아…… . 나이첼의 마지막 유언은 인간에게 기회를 주는 것이었어. 정말 대단하지? 나는 정말 상상도 못할 그릇이야. 어떻게 그런 일을 당하고도…… . 인간들이 지 가슴에 검을 쑤셔박았음에도 그들을 위한 마음엔 흔들림조차 없었어.]

"허……."

제 가슴에 검을 박아 넣는 인간들을 끝까지 사랑한다
라……. 아서 또한 작게 고개를 저었다.

"나는 도저히 안 되겠어……."

[우리도 안 돼. 그저 나이첼이 특별했다고 믿는 수밖에. 그
특별함 덕분에 지금의 우리가 살아 있는 것이기도 하고. 여하
튼, 그는 믿었어, 인간의 선함과 미래를 말이야. 그가 대륙을
돌며 어떠한 것들을 봐왔는지 우리는 몰라. 게다가 아직도 그
것을 이해하지 못하지만 적어도 인간이 삐뚤어진 만큼 아름
다운 모습이 많다는 것 정도는 그를 통해 들어왔어. 결국 그
가 남겨준 무기나 힘을 가지고 우리는 그의 둘도 없는 친구였
던 카브라와의 긴 싸움을 시작하게 됐지. 나이첼이 바라던 인
간의 선함과 미래를 지켜보기 위해서.]

짝짝—

펠은 그 말을 마지막으로 가볍게 박수를 두어 번 쳤다.

[자, 이런 얘기란 말이지.]

[결국 누가 옳고 그른지는 아직 결과를 내지 못했기에 모르
는 것이기도 하고 말입니다.]

크리스는 바닥에 쓴 정의란 단어를 지우고 씁쓸한 얼굴로
자리에서 일어났으며, 비안은 다 피운 담배를 손가락으로 팅
겼다.

[자, 다른 얘기들도 있지만 우선은 이 정도로 끝내는 편이

좋으려나.]

　"아아, 그래. 조금씩 노곤하네……."

　아서 또한 긴 얘기를 집중해 들어서인지 베개에 얼굴을 파묻었다. 나이첼과 마룡으로 변한 카브라, 그리고 살아남기 위해 싸웠던 세 영혼…….

　"후우……."

　몸을 뉘인 침대가 점점 나른함을 더해간다.

　'마치 어릴 적 동화 같은 이야기로군…….'

　이어, 밀려드는 노곤함에 아서는 저도 모르게 깊은 잠에 빠져 버렸다.

Chapter 18
숲속의 대장장이

다음날 아침해가 뜨자마자 일행은 롱베르크가 살고 있다
는 공방을 찾아 산을 올랐다.

[오, 마을은 철 덩어리인데 그 뒤에는 이런 산이 다 있네?]

[공존의 법칙을 잘 아는 마을이군.]

어느 산이나 그렇듯 공기 좋고 산새 소리 맑은 그런 산이었
다. 산 중턱쯤 올라섰을까? 잠시 걸음을 멈추고 바위에 걸터
앉아 쉬고 있는 아서 곁에 펠이 바짝 붙었다.

[야, 갔는데 문전박대 당하면 어쩔 거야? 어제 영감 하는 애
기 들어보니까 말보다 검이 먼저 나오는 놈 아냐?]

"말이 나오면 대답하면 되고, 검이 나오면 검을 보여주

면 돼."

[킥킥― 적절하군.]

아서의 대답에 비안은 작게 웃었다.

펠은 손으로 턱을 괴고 생각에 빠졌다.

[흠, 그런가……. 아, 어제 크리스가 그랬지? 이런 산속에 틀어박혀 있으면 두 가지 경우라고. 더 좋은 검을 만들기 위해서거나 좌절해서 틀어박혀 있거나. 그가 만약 검을 만들지 않으면 어쩌지?]

그 물음에 아서는 손으로 동쪽 위를 가리켜 보였다.

그리곤 펠에게 물었다.

"저기 보이는 게 뭐냐?"

[연기.]

"음식을 할 시간도 아니고 이런 날씨에 장작을 땔 리도 없고. 그럼 저 연기는 무엇 때문에 나는 걸까?"

그 물음에 크리스가 씨익 웃어 보였다.

[연기가 나오는 것을 보니 좌절보단 도전하는 장인이로군요.]

그러자 또다시 펠이 물었다.

[그럼, 이 깡깡거리는 소리는 검 두드리는 소린 거야?]

"깡깡거리는 소리?"

그 말에 아서는 귀를 쫑긋 세웠다.

카앙― 카강― 캉―

분명히 희미하게나마 쇳소리가 들려오고 있었다. 소리를 분석하듯 조용히 숨죽여 듣던 아서는 조심스레 입을 열었다.

"음, 아무리 봐도 망치질 소리는 아니야."

[예, 이렇게 일정하지 않고 울림이 다른 소리는…….]

크리스 또한 그 말에 동의했다.

"이거!!"

들려오는 소리에 집중하던 아서가 별안간 자리를 박차고 일어섰다. 그의 갑작스런 행동에 비안과 펠 또한 놀란 듯했다.

"이건 검과 검이 부딪치는 소리야!"

크리스는 이미 아서와 같은 생각을 했는지 냅다 소리가 들리는 곳으로 뛰고 있었다. 아서 또한 크리스의 뒤를 따라 쇳소리가 터져 나오는 곳을 향해 내달렸다.

파바밧—!

캉! 카캉—! 캉!

달리는 속도가 점점 빨라질수록 검 부딪치는 소리는 더욱 또렷이 들려왔다.

촤악—!

돌연 내달리던 아서가 발을 멈춰 자리에 섰다.

[아서님, 이건?!]

"틀림없이 누군가 이곳에 먼저 왔어."

멈춰선 아서 앞에는 어지럽게 찍혀 있는 발자국과 마차로 보이는 바퀴자국이 나 있었다.

"그것도 꽤 많은 이들이……."

이 근방에 있는 자라곤 롱베르크 한 명뿐이라 들었다.

그렇다면 이들 모두가 롱베르크에게 일이 있어 찾아왔다는 것이었다. 게다가 그 일이라는 게 지금처럼 검을 맞부딪치는 것이라면?

"싸움이 벌어진 모양이다."

아서의 말에 비안은 어깨를 으쓱댔다.

[영감 말대로 검부터 나가는 스타일인가 보군.]

"우선은 추이를 지켜보자."

아서는 조심스레 걸음을 옮겨 롱베르크의 공방 뒤편에 있는 언덕배기 풀숲으로 자리를 옮겼다. 야트막한 언덕이었지만 다른 지역보다 높았기에 공방을 비롯한 주변을 한눈에 내려다볼 수 있었다.

[조용해졌네?]

[쉿!]

또렷하게 들리던 검 소리는 점점 잦아들다 이내 조용함에 묻혔다.

스윽—

아서는 시야를 가리는 풀을 젖혀내고 고개를 빼꼼 내밀었다.

"꽤 많은 숫잔데……."

한 남자를 둘러싼 열댓 명의 병사들이 한눈에 들어왔다. 그냥 보아도 한가락하게 생긴 인상들이었다.

[사병들이군. 게다가 실력도 좀 있어 보인다.]

[아무리 봐도 검을 제련해 달라고 온 건 아닌 것 같지?]

병사들의 얼굴엔 적개심이 가득해 보였다. 그들을 살피던 중 펠이 뭔가 생각난 듯 입을 열었다.

[어? 그러고 보니까 저 병사들, 어제 마을에서 검을 대량 구입한 녀석들 아냐?]

그는 병사 중 하나를 가리켰다.

[아, 그 눈 뜨고 코 베인 녀석들? 카카! 맞네?!]

분명 아서의 기억에도 그들이 맞았다.

무엇보다 그들의 허리춤에는 어제 공방에서 산 검이 자랑스레 달려 있었으니까.

[와, 그럼 그 검을 1골드씩 잡고. 보자… 대략 봐도 스무 명은 훌쩍 넘어 보이는데 한 번에 30골드를 썼단 말이지? 저 마차에 탄 양반, 꽤나 부자인 모양인데?!]

펠의 이야기대로 사병 한 명 한 명에게 그 정도 돈을 쏟아부을 가문이라면 절대 어중이떠중이 가문이 아닐 것이었다.

"어느 영지의 사병들이기에……."

마차의 문양을 확인하기 위해 아서는 시선을 돌렸다.

"?!"

산을 오르기에 편한 전용 바퀴가 달린 사두마차를 끌고 온 것만 봐도 보통 재력가가 아니다. 황금으로 만들어졌을 법한 가문의 표시는 멀리서도 눈에 띄게 번쩍였다.

"저건 몬데르고의 표식이군⋯⋯."

[아는 데냐?]

"저들 또한 내 명단에 있는 자들이지. 그것도 꽤나 상위에 말이야."

아서의 집에 제일 먼저 들어온 가문이 리언트가라면, 마지막에 들어와 온 집안을 휘젓고 가장 막심한 피해를 준 곳은 저 몬데르고가였다.

[대체 너희 가문이랑 적대 관계가 아닌 가문이 어디냐?]

"하하⋯⋯."

펠의 물음에 아서는 쓰게 웃었다.

"막상 나와보니 세력을 잡고 있는 대부분이 우리 가문과 사이가 안 좋다는 걸 알게 되는군."

비안이 말을 이었다.

[그만큼 귀족 반란을 일으켰던 세력이 힘있고 이상한 녀석이 많았다는 소리겠지.]

그순간, 사내를 둘러싸고 있던 병사 중 하나가 고함쳤다.

"너 이 자식! 지금 장난하자는 거냐!"

"다 알고 왔어! 바른 대로 얘기해!"

"⋯⋯."

그러나 사내는 좀처럼 입을 열지 않았다.

“이렇게 버틴다고 뭐가 달라질 거 같아?!”

“…….”

긴 머리를 묶어올린 사내는 험상궂은 병사들 안에 갇혀 있음에도 전혀 주눅든 표정이 아니었다.

아서는 한눈에 그가 누군지 알 수 있었다.

“저 사람이 롱베르크겠군.”

[어? 잠깐, 저 귀……? 눈동자 색도 그렇고 귀도 그렇고, 저 놈 하프 아냐?]

“하프?”

롱베르크를 내려보던 펠이 깜짝 놀라하는 것에 아서가 물었다. 비안과 크리스도 웬 소리냐는 듯 펠을 돌아보았다.

[하프? 그 하프?]

[띠리링— 하프 말고 그 하프 말입니까?]

[그래, 그 하프!]

비안과 크리스는 그 하프가 무엇을 말하는지 알고 있는 듯했다.

곧바로 롱베르크를 유심히 살펴보기 시작했으니까.

펠이 아서에게 말했다.

[예전 숲에서 살던 고대 종족 중 하나야. 저번에 들었지? 숲의 주민들이라고. 나무와 대화를 하고 마나와는 다른 정령을 부리는 존재들. 게다가 수명도 인간의 몇 배는 되는 종족이었지.]

[몇 배? 대략 평균 수명이 600여 년이라고 들었는데.]

"나무와 대화를 하고, 정령을 부리고 육, 600년을 산다고……?"

설명을 듣고 있지만 좀처럼 와 닿지 않는 이야기였다.

펠도 그걸 아는지 벙찐 표정의 아서를 보며 어깨를 으쓱였다.

[뭐, 우리도 그 종족 자체를 본 적은 없어. 인간들에게 적개심이 높았기에 모습을 좀처럼 드러내지 않았거든. 다만 그들과 인간 사이에 태어난 하프라 불리는 자들이 있었는데, 간간이 그들을 만날 때가 있었거든. 봐봐, 저 귀 끝이 뾰족하고 눈동자가 개 눈까리처럼 검지?]

"멀어서 그리 잘 보이진 않는데……."

[펠이 지나치게 좋은 겁니다.]

[호, 그러고 보니 눈이 검은 것 같은데? 귀도 뾰족해 보이고?]

비안이 뭔가 보인다는 투로 얘기하자 크리스가 그를 흘겼다.

[비안, 괜히 보이는 척하지 마십시오.]

[미안.]

비안은 즉각 대답했다.

'그래, 역시 제일 무서운 건 크리스구나.'

[호, 그나저나 저놈 얼굴에 흉터 봐라. 한 딱가리 하게 생겼

네…….]

펠 말대로 악을 쓰는 것은 병사들이었지만, 막상 눈앞의 상황을 보고 있자면 그 느낌은 정반대였다.

"어쭈, 지금!! 너, 그 눈, 눈빛… 그러니까……."

훤칠한 키와 날카로운 눈빛에 롱베르크와 눈이라도 마주하면 되려 병사들이 시선을 내리깔 정도였다.

부들부들—

그들은 땅을 딛고 서 있는 다리에 힘을 잔뜩 주고 있었다. 그들로서는 최대한 위협적인 모습을 보이고 있는 것이었다.

"뭘 그리 꾸물거리나!"

마차에서 꾸물거리는 병사들을 보다 못한 듯 꾸지람이 터졌다. 롱베르크의 시선이 마차를 향했다.

"너희가 말하는 유물은 나에게 없다. 있다 해도 이리 무례한 놈에겐 구경조차 시켜주지 않는다!"

쩌렁쩌렁한 목소리에 병사들이 귀를 막을 정도였다. 그는 곧장 자신을 둘러싼 병사들을 쭉 훑으며 위압적인 목소리로 말했다.

"그만 가라. 더 이상은 참지 않는다."

"무……."

되려 협박하러 온 열댓 명의 병사들이 굳어버릴 정도의 카리스마를 뿜어냈다.

"이, 이게 미쳤나!!"

병사들 중 제일 시끄럽게 소리치던 자가 앞으로 나섰다.

"네가 지금 상황 파악이 안 되나 본데!"

화악—

결국 쓸데없는 객기가 병사의 명을 짧게 만들었다.

병사가 주먹을 높게 들어올리는 순간, 그보다 몇 배는 빠른 롱베르크의 주먹이 병사의 안면을 강타했다.

빽—!

"컥!"

"뭐, 뭐야!"

"이 새끼!!"

차자장—!

동료가 쓰러지자 롱베르크를 둘러싼 병사들이 일제히 검을 뽑았다.

흉흉한 날을 세운 검이 롱베르크를 향했다.

"너희 같은 쓰레기가 이 마을의 검을 가지고 있는 것 자체가 불쾌하다."

롱베르크 또한 허리춤에 찬 검을 뽑아 들었다.

스릉—

맑게 다듬어진 검신이 모습을 드러냈다.

보는 것만으로도 살이 베일 것 같은 날카로움이 있는 검이었다.

흥분된 목소리로 펠이 외쳤다.

[오, 시작하려나 보다!!]

[크리스, 네가 보기엔 어떠냐?]

[글쎄요……. 지금 분위기상으론 도저히 그가 질 거란 생각은 안 드는군요.]

크리스의 말대로였다.

롱베르크가 검을 뽑아 든 순간 일방적인 싸움이 시작되었다.

"차핫!"

병사 하나가 기세 좋게 롱베르크의 어깨를 노리고 검을 휘둘렀다.

카강ー!

보통사람이면 날아드는 검을 피하고 후를 도모할 텐데 롱베르크는 달랐다.

그는 날아드는 검을 그대로 받아냈다.

"이것도 받아봐라!"

옆구리가 비어 날아드는 검 또한 롱베르크는 피하지 않고 막아냈다. 어떻게 이런 것이 가능할까?

그건 롱베르크가 들고 있는 검 때문에 가능했다.

콰직ー!

롱베르크의 검과 맞부딪친 병사들의 검이 두 동강 나버렸기 때문이다. 검이 반으로 부러졌기에 반격은 꿈도 꿀 수 없었다.

"그것이 너희의 실력에 맞는 검이다."

캉! 캉! 캉!

쇳소리가 나면 어김없이 병사들의 검이 반으로 부서져 내렸다. 놀라 주춤대며 뒤로 물러선 병사들을 롱베르크는 건드리지 않았다.

키릭— 킹!

롱베르크의 검이 검집에 다시 들어갔을 때 그를 둘러싸고 있던 병사들은 저마다 부러진 검을 들고 망연자실한 표정으로 그를 바라보고 있었다.

"처음엔 검. 그 다음은 너희들의 목숨이다."

"우, 우와아악!"

차가운 롱베르크의 눈동자와 마주한 병사들은 놀라 마차로 내달렸다.

철썩!

"히이잉—!"

마차 또한 병사들과 함께 놀라 그곳을 급히 벗어났다. 너무나도 싱겁게 끝난 싸움에 아서가 입맛을 다셨다.

"잘못 보면 검의 성능으로 이긴 걸로 착각하겠군."

[아서님도 보셨습니까?]

크리스가 물었다.

"진짜인지는 모르겠지만 내가 본 게 맞다면 영감이 했던 얘기가 틀린 건 아닌 거 같아."

[뭔데? 뭘 봤다는 건데?]

펠이 묻자 크리스는 롱베르크에게서 시선을 떼지 않은 채 놀란 투로 입을 열었다.

[방금 그 싸움 말입니다. 롱베르크라는 저 사내, 보통 실력자가 아닙니다. 검을 휘두르는 스피드가 상식을 뛰어넘습니다. 대단한 사내입니다.]

[오, 진짜?]

펠이 놀라자 비안이 낄낄거리며 담배를 꺼내 물었다. 그는 크리스에게 비아냥거리듯 입을 놀렸다.

[대단한 사내 좋아하시네. 크리스, 자꾸 그렇게 뻥치면 안 된다.]

[제가 어, 언제 뻥을 쳤다고 그러십니까.]

[검을 휘두르는 스피드가 상식을 넘었네 뭐네 하는 것 말이야. 보니까 저 병사들이 검을 내려치기 전에 먼저 검을 때려버리고, 검을 막는 두 번째 충격으로 부수는 모양인데. 그런건 실력차가 저리 나는 녀석들에게나 쓸 수 있는 거고, 너에겐 너무 쉬운 일이라는 거 다 아는데 무슨 뻥을 치면서 대단한 사내가 어쩌고.]

비안의 말대로였다.

롱베르크는 검이 자신을 내려치는 순간 먼저 자신의 검으로 병사의 검을 살짝 쳐내 첫 번째 충격을 주고, 똑같은 부분의 날을 막아내는 두 번째 충격으로 병사들의 검을 두 동강 내버린 것이다.

[보통 인간이라면 어려운 일이지만. 뭐, 저 녀석이 하프라면 그럴 수도 있겠네. 저 모습도 설명이 되고.]

두 번의 충격을 주는 그 찰나가 너무 빠른 나머지 상대로 하여금 그저 내려치는 검을 막아냈는데 검이 부러진 착각을 들게 하는 것이었다.

"역시, 내가 잘못 본 것이 아니군."

말이 쉽지 그것을 행동으로 옮기는 것은 크리스의 말처럼 쉬운 일이 아니었다. 하지만 더욱 놀라운 것은 비안이 웃으며 크리스를 놀렸다는 것에 있었다.

'대체 그의 실력은 어느 정도일까…….'

늘 보아온 것이지만 자신이 그 어떤 상대를 만나도 펠과 비안은 상대를 칭찬하는 크리스를 핀잔주기 바빴다.

크리스가 칭찬할 만한 수준도 안 된다는 것이었다.

게다가 크리스와 상대가 검을 겨룬다면 눈 깜짝할 사이에 승패가 날 정도라는 때도 있었다.

프란츠도 그랬고, 가이진, 에드는 물론이었다. 게다가 이번엔 자신도 엄두내기 힘든 기술을 구사하는 롱베르크마저 기본 중의 기본은 하는 어린 검사 취급이었다.

'하지만 가장 답답한 건 크리스와 두 사람이겠지…….'

말은 그리하지만 현 세계에서는 아무런 영향을 발휘하지 못하는 처지가 된 세 영혼을 생각하며 아서는 입 밖으로 내놓고 싶던 물음들을 집어넣었다.

그들의 아쉬움을 달래줄 방법은 단 하나.

"더 열심히 노력해야겠지."

[엥? 갑자기 그게 무슨 소리냐?]

[좋은 자세입니다. 무엇을 하던 노력만큼 중요한 것은 없지요.]

[뭐, 무슨 소리인지 대충 이해는 간다.]

멀뚱해하는 펠과 무조건적인 긍정의 면모를 보이는 크리스, 그리고 의미심장한 미소로 자신을 바라보는 비안을 돌아보며 아서는 웃었다.

"자, 이번엔 우리 차례네."

[이럴 줄 알았으면 선물이라도 사 올 걸 그랬어.]

[그러게 말입니다.]

두 사람의 시답잖은 농담을 뒤로한 채 아서는 언덕을 내려왔다.

아서는 곧장 병사들이 버리고 도망친 검을 주워 한곳에 모아두고 있는 롱베르크의 앞에 섰다. 롱베르크 또한 아서의 기척을 알아챘는지 검을 줍는 손을 멈추곤 뒤를 돌았다.

롱베르크와 눈을 마주하자 아서는 저도 모르게 침을 꿀꺽 삼켰다.

예상보다 차가운 눈빛 때문이었다.

"실례합니다. 저는 아서 란펠⋯⋯."

“분명 경고는 한 번뿐이라고 했을 텐데!!”

아서의 말허리를 잘라 버린 롱베르크가 그를 향해 냅다 달려들었다.

[이크! 큰일났네!]

[아서님!!]

영혼들 또한 놀라 외쳤다.

“잠깐!!”

아서가 급히 롱베르크에게 소리쳤지만 이미 그의 검이 날아들고 있었다. 우선 아서는 뒤로 멀찌감치 몸을 날려 그의 검을 피해냈다.

[야, 막아!!]

펠의 말이 떨어지기 무섭게 어느새 뒤로 물러선 아서의 코 앞까지 날아온 롱베르크는 그가 검을 뽑을 시간도 주지 않았다.

'잘못하면 죽는다!!'

아서는 그대로 몸을 돌려 롱베르크의 검이 내려쳐지는 곳을 향해 허리춤에 차고 있던 검을 들이댔다.

카앙―!!

쇳소리가 터지고 아서는 그대로 주욱 밀려 바닥을 굴렀다.

['이게 꽤나 잘 다룬다고 들었지' 의 수준이냐!]

[오! 어찌되었든 검을 막았어!]

[휴― 다행입니다.]

“…….”

롱베르크는 자신의 검을 그런 식으로 막아낸 아서를 잠시 멍하니 바라보았다. 저 또한 그렇게 방어는 생각지도 못했었으니까.

“뭬!”

자리에서 일어난 아서는 입에 담긴 모래를 뱉어냈다.

[아서님, 지금입니다. 어서 멜크 영감님 얘기를!]

“받은 건 돌려줘야지.”

크리스가 멜크 영감 얘기를 꺼냈으나, 아서는 그의 말을 무시하고 검을 뽑아 들었다. 그의 표정을 옆에서 살펴본 펠이 어깨를 으쓱였다.

[크리스, 아무래도 애 열 받았나 보다.]

아서가 손에 쥔 검을 본 롱베르크의 이맛살이 살짝 찌푸려졌다.

“그 검은… 멜크 영감의 검 같은데……?”

“맞는지 아닌지 알아서 확인하시지!”

탓―!

이번엔 아서가 바닥을 차고 롱베르크를 향해 뛰어들었다.

쉬잉―!

강력한 휘두르기로 아서는 롱베르크의 검을 노렸다.

“흥!”

롱베르크는 보란 듯이 자신을 향해 휘두르는 아서의 검을 부술 요량으로 빠르게 그의 검을 내려쳤다.

키킥—

"끝이다!"

이어 병사들에게 그랬듯 두 번째로 검을 맞받아 치려는 찰나.

"그건 당신이겠지!!"

아서는 내려치려는 검을 비스듬히 빗나가도록 휘둘렀다.

키기깅—!

쇠 긁는 소리와 함께 두 검이 빗겨나갔다.

동시에 몸을 회전시킨 아서의 팔꿈치가 롱베르크의 어깨를 내리찍었다.

뻑—!

하지만 롱베르크 또한 그것을 예상한 듯 내리찍힌 그의 팔꿈치를 손바닥으로 올려쳐 막았다. 두 사람은 살짝 뒤로 물러섬과 동시에 다시 서로를 향해 내달렸다.

우웅—!

아서의 검이 순식간에 붉게 물들었다.

"!!"

롱베르크의 눈동자가 크게 뜨였다.

"마나 소드?!"

그는 급히 검의 방향을 틀어 아서의 검과 맞부딪치지 않으려 했지만 이미 늦었다.

“끝이야!”

아서는 롱베르크의 검을 두 동갈 낼 요량으로 크게 휘둘렀다.

캉!!

검과 검이 부딪치자 맑은 쇳소리가 터졌다.

“!!”

“?!”

원래대로라면 당연한 일이었으나 지금은 상황이 달랐다.

크리스와 비안이 놀라 자리에서 벌떡 일어섰다.

[뭐야? 잘리지 않았어?!]

[마나 소드를 막아냈단 말입니까?!]

쇳덩이도 짚단처럼 잘라내는 마나 소드를 막아내는 일반 검이라니, 듣도 보도 못한 일이다.

“크윽!”

촤작—

아서가 휘두른 검의 힘에 밀려 롱베르크는 세 발자국 정도를 밀려났다. 잡고 있는 그의 검이 요동치듯 흔들리고 있었다.

“마나 소드 구사자라니…….”

아서를 바라보는 롱베르크의 눈엔 경악이 담겨 있었다. 하지만 그를 바라보는 아서의 표정은 더욱 가관이었다.

“마나 소드가… 일반 검에 막혔어…….”

그가 들고 있는 것이 대륙에서 손꼽히는 5대 명검 중 하나라면 이해할 수 있었다. 애초에 철 쪼가리로 만들어진 물건들이 아니니까.

'하지만 이건……'

아서는 마나 소드가 막혀 버린 충격에 쉽사리 움직일 수 없었다.

[야, 괜찮냐? 야?]

아서의 눈앞에서 손을 흔들어 보이는 펠과 믿을 수 없다는 듯 자리에 굳어 있는 크리스. 그리고 어찌된 상황인지 알아보려 롱베르크 곁에 찰싹 달라붙어 있는 비안까지.

그야말로 모두에게 혼란스런 상황이었다.

"후……. 아무래도 내가 착각한 것 같군."

먼저 입을 연 건 롱베르크였다.

"너의 마나 소드를 일반 검으로 막아낸 것에 대해 놀라는 듯한데."

그는 굳어 있는 아서를 보곤 방금 그 검을 다시 꺼내 들었다.

그리곤 그대로 바위에 검을 내리쳤다.

캉—!

바위와 부딪친 검은 힘없이 부러져 바닥에 떨어졌다.

"아무리 정교하고 수백 번의 망치질을 했다 하더라도 일반 검으로 마나 소드를 막아내는 것은 딱 한 번. 하지만 그 한 번의 방어가 이 검을 쥔 자를 살릴 수도 있지.”

[대단하다……. 진짜 검으로, 그것도 제련방식만으로 마나 소드를 막아내다니…….]

[아직 저녀석의 마나 소드가 그만큼 완벽하지 못한 것도 있지만……. 인정할 건 인정해야겠지.]

크리스와 비안도 롱베르크의 그 검에 대해 찬사를 아끼지 않았다. 롱베르크는 떨어진 검을 주워 자신이 부러뜨린 병사들의 검을 모아둔 곳에 던졌다.

“하지만 부러지고 나면 이 녀석 또한 부러진 다른 검들과 다를 바 없지.”

롱베르크는 아서를 향해 고개 숙였다.

“미안하네. 롱베르크라고 하지. 보다시피 대장장이고. 방금 전 오해할 만한 일이 있어 무턱대고 자네에게 검을 휘둘렀네. 용서하시게.”

아서 또한 꺼내 들었던 검을 갈무리하고 사죄했다.

“아닙니다. 저야말로 격하게 반응한 점, 죄송합니다. 아서 란펠지라고 합니다. 멜크 영감님의 소개로 왔습니다.”

“역시. 그 검을 보고 설마 했는데, 검을 가질 만한 충분한 자격이 있는 사람이로군. 그 검은 영감이 꽤나 아끼던 것이었으니까.”

[낄낄. 저놈도 꽤 괴짜구만.]

비안은 아서가 멜크 영감의 소개로 왔다는 걸 눈치챘음에도 검을 휘둘렀을 롱베르크를 보며 낄낄거렸다.

[원래 실력자를 보면 몸이 근질거리기도 하니까요.]

크리스는 롱베르크의 그런 심정을 이해한다는 듯 흐뭇한 미소를 지었다.

"자세한 얘기는 안쪽으로 들어가서 하도록 하지."

아서는 롱베르크를 따라 그의 공방으로 들어갔다.

Chapter 19
뎀로스

치이익―

식지 않은 양잿물이 뿜어내는 뜨거운 열기가 공방 안에 가
득했다.

"후, 덥군요……."

"공방은 늘 열기가 있어야 하지."

공방은 그야말로 정신없었다.

바닥엔 부러진 수십 개의 검이 쓰레기처럼 너부러져 있었
고, 각종 자재들과 철 덩어리들이 구석에 비석처럼 쌓여 있었
다.

아서는 크리스의 부탁으로 바닥에 너부러진 검 중에 하나

를 주워 들었다. 롱베르크는 확실히 상당한 실력자인 듯싶었다.

　[역시, 이 정도 검이 바닥을 굴러다니다니……. 그는 멜크 영감님 말대로 실력이 대단한 듯합니다.]

　아서가 집어 올린 검을 요목조목 살펴보며 크리스는 감탄에 감탄을 또 내뱉었다. 그런 모습을 지켜보며 롱베르크는 말을 꺼냈다.

　"마음에 드나? 사과의 뜻으로 성에 찰 정도로 가져가도 돼. 어차피 나에겐 성에 차지 않은 녀석들이니까."

　[잘됐습니다. 그는 성에 안 찬다고 했지만 이 제련 수준이라면 뛰어난 겁니다.]

　"후후, 내가 보기에도 그런 것 같아."

　크리스와 아서 또한 목적을 어느 정도 달성한 듯싶어 속으로 쾌재를 불렀다.

　이제 남은 건 자신이 의뢰한 물품들을 멜크와 함께 만들어주길 설득하는 일뿐이었다.

　"갑작스럽지만 제가 이곳에 찾아온 이유를 말씀드리겠습니다."

　아서는 즉각 본론으로 들어갔다.

　"멜크 영감이 그 검을 들려 보낸 거라면 두 가지 일이겠지."

　[어? 크리스, 저거?]

[예?]

롱베르크가 막 운을 떼기 시작했을 때, 놀란 눈을 한 펠이 크리스를 부르곤 어느 한곳을 가리켰다.

[어?!]

이어 크리스의 놀란 외침이 터졌다.

[뭔데 그리들 놀라……. 어어?!]

웃으며 바라본 비안 또한 놀라 저도 모르게 소리쳤다.

“??”

자연스레 아서 또한 그들이 놀라하는 모습을 보곤 펠이 가리키는 곳으로 시선이 움직였다.

“응?”

왜 이곳에 들어와서 한눈에 그것을 알아보지 못했을까 할 정도로 투박하게 생긴 검 하나가 아서의 눈에 들어왔다.

검날은 검집 안에 있어 비록 보진 못했으나, 그의 눈을 잡아 끈 것은 검집과 전혀 어울리지 않는 모양의 힐트였다. 남다른 기운을 뻗어내는 것이 한번 쳐다보면 좀처럼 눈을 떼기 힘들 정도로 매력적이었다.

게다가 그 검은 어디선가 묘하게 본 것 같은 느낌이 계속해 들었다.

‘이상하다. 분명 처음 보는 검인 것 같은데…….’

[내, 내. 내 검!!]

“?!”

크리스의 외침이 아서의 정신을 번쩍 들게 만들었다.

[야, 진짜 이거 뎀로스 맞지?!]

펠이 도저히 믿기지 않는다는 표정으로 뎀로스라 부른 검 앞으로 바짝 다가섰다. 어느새 비안 또한 검의 코앞까지 달려왔다.

[검집이 요상 야릇하긴 하지만 폼멜을 보나, 힐트 모양을 보나 딱 봐도 뎀로스구만!]

[오오오! 뎀로스가 여기에!! 오오! 오오!]

크리스는 이미 반쯤 정신나간 이처럼 만질 수 없는 뎀로스를 계속해 잡으려 손을 휘저었다.

[아서님! 이 검! 이 검을 달라 하십시오!!]

"…?"

이 정도로 흥분해 있는 크리스를 보는 건 수정에서 나갈 수 있다는 말을 들었을 때 이후 처음인 것 같았다.

[야, 이거 크리스 검이야. 이거 가져가자.]

[뎀로스 하나면 뭐, 게임 끝이긴 하지.]

어느새 비안도 입에 문 담배를 기분 좋게 빠는 듯 보였다.

[아서님? 아서님, 저 검을 보셨습니까? 예전 제가 쓰던 검입니다. 뎀로스라고 합니다. 저 검은 능히 산을 가르고! 여튼 저 검을 꼭, 아니, 제 검이었으니까 분명, 아니! 그전에!]

크리스는 흥분함을 감추지 못하고 계속해서 횡설수설하고 있었다. 롱베르크야 어차피 그들을 못 보니 자신만 표정관리 잘하면 될 것이다.

그런데 이런 크리스의 모습을 너무 오랜만에 보는지라 뜻처럼 표정이 감춰지지 않았다.

[야, 야! 크리스, 좀 조용히 해봐. 워워, 진정해. 그래, 숨쉬고 내뱉고 쉬고 내뱉고. 쓱쓱, 후후~ 쓱쓱, 후후. 그래, 그렇게.]

크리스를 달랜 펠이 아서를 돌아보았다.

[저 검은 뎀로스라고 하는 건데 크리스가 예전 그 도마뱀 놈이랑 싸울 때 쓰던 검이야. 그게 왜 여기 있는진 모르겠는데, 여튼 이 검을 가져가는 게 제일 좋을 것 같다.]

"하나는 자신들보다 뛰어난 제련 기술을 가진 내게 검을 의뢰해 받아가라는 뜻인데, 이미 그건 내가 사죄의 뜻으로 가져가도 된다 하였고."

아서의 시선은 앞에서 진중하게 말을 잇는 롱베르크를 바라보고 있지만 귀는 세 영혼이 난리법석을 떠는 곳을 향해 열릴 수밖에 없었다.

"예, 감사합니다."

무슨 얘기를 하고 있는지 양쪽에서 떠들어대니 집중이 되지 않는다. 게다가 롱베르크에게 이 상황을 설명할 수도 없는 노릇 아닌가.

"그럼에도 얘기를 꺼낸다는 것은 나머지 다른 하나의 이유겠군."

"잘 알고 계시는군요."

롱베르크 또한 아서가 뎀로스라 불린 검을 슬쩍 바라본 것을 눈치챘다. 그후부터 그가 자신의 말에 귀 기울이지 않고 있다는 것도 말이다.

"……."

"…아, 죄송합니다."

"……."

뭔가 몹시 불안하고 집중하지 못하는 사람처럼 눈을 이리저리 굴리는 모습에 롱베르크의 눈꼬리가 올라섰다.

"주기로 했으니 자네가 들고 있는 그 검은 주겠네. 하지만 지금 당장 이곳에서 나가줬으면 좋겠군."

"예?"

갑작스런 그의 이야기에 아서는 물론이요, 세 영혼들 또한 움직임을 멈추곤 롱베르크를 돌아봤다.

[아니, 그 손에 들린 거 말고. 이거 뎀로스, 뎀로스 가져가야 합니다.]

[가만, 얘가 방금 무슨 얘기했는지 들은 사람 있어?]

[응? 뭐, 오해해서 미안하니까 이 검을 줄 테니 가져가라, 이거 아냐? 근데 갑자기 왜 저리 정색하고 바라보는 거냐?]

뎀로스를 발견한 것에 흥분한 나머지 롱베르크의 이야기를 제대로 들은 사람은 없었다.

그건 아서 또한 마찬가지였다.

롱베르크는 자리에서 일어나 버럭 화를 냈다.

"유물을 노리고 온 자를, 내 검이 필요한 실력있는 자라고 생각했으니……! 쯧!"

"아, 아니 저는……."

아서가 뒤늦게 일어서며 입을 열어보지만 돌아온 건 롱베르크의 호통이었다.

"썩 나가게! 그렇지 않으면 피를 볼 것이니까!"

불 같은 그의 외침에 아서는 뭐라 말도 건네보지도 못하고 문전박대 당해 버렸다.

쾅—!

아서를 내치자마자 그는 공방 문을 거칠게 닫았다.

"이런……."

[뭐, 뭐야, 갑자기!]

"너희가 하도 호들갑 떠니까 내가 뭔 소리를 들었는지 전혀 모르겠잖냐!"

아서가 매섭게 세 영혼을 바라…….

"어? 크리스는 어디 있어?"

[뻔하지, 뭐…….]

[기다려, 데리고 나올 테니까.]

물고 있는 담배를 비벼 끈 비안이 펠을 데리고 공방 안으로 들어갔다. 조금 뒤, 둘이 허우적거리는 크리스를 질질 끌고 나왔다.

[뎀로스가······. 아아, 뎀로스가······!]

[여기 있는 거 알았으니까 다시 찾아올 수 있어. 걱정 마!]

[아, 쫌!]

그는 끌려나오는 도중에도 공방을 향해 뻗은 손을 내려놓지 않았다. 뎀로스라는 검에 대한 그의 애착이 느껴지는 것 같다.

*　　*　　*

[아아, 뎀로스가······. 뎀로스가······.]

공방을 떠나 산 중턱으로 내려오는 동안에도 크리스는 계속 이 말을 물고 있었다

"흠······."

흡사 짝사랑하던 여인의 결혼식을 보고 온 사람 마냥 멍한 시선은 하늘을 향해 있었고, 붉게 달아오른 눈동자에선 금세라도 눈물이 뚝 하고 떨어질 듯했다.

짝—!

[자! 크리스, 기운내자!]

비안의 손바닥이 크리스의 굽은 등짝을 내리쳤다.

"크리스의 저런 모습 처음 보네."

너무 침울해 보이는 나머지 아서는 둘 사이에 끼어들 수 없었다.

펠이 작게 혀를 찼다.

[쯧, 600여 년 넘게 떨어져 있다가 간신히 만났는데 또 헤어져 버렸으니 저럴 만도 하지.]

"그에게 많이 중요한 검이었나 보네."

중요한 검이라는 것은 여러 의미가 있었다.

검을 잘 다루거나 제작하는 사람들 중에는 단순히 검을 무기로 보는 것이 아닌 자신의 친구이자 전우이자 반려자 급으로 여기는 이들이 많았다.

[음, 중요할 거야. 그것도 무척이나.]

아서 또한 전쟁 속에서 불안함에 검을 안고 잠들었을 때마다 네 녀석만큼 든든한 녀석이 없다며 혼잣말로 말을 걸곤 했으니까.

크리스를 달래고 온 비안은 펠 곁에 털썩 주저앉았다. 그는 땀이 나지도 않는 이마에 손부채질하며 한숨을 내쉬었다.

[휴, 정말 얼빠진 모습이 예전 기억 떠오르게 하네.]

"예전 기억?"

[뭐, 그런 게 있다…….]

말끝을 흐리며 대답하는 비안의 말투가 편치 않아 보였기에 아서는 더 이상 캐묻지 않았다.

펠이 물었다.

[그건 그렇고. 이젠 어쩔 거냐?]

"우선 몬데르고가가 어째서 이곳에 왔는지 알아내야겠지.

지금 상황에 그들이 하는 일들이 귀족 반란과 무관할 리 없을 테니까. 크리스?"

뎀로스에 대한 잡념도 떨쳐 버릴 겸 아서는 멀찌감치에서 앉아 있던 크리스에게 말을 걸었다.

[예?]

"크리스가 가장 반경 범위가 넓으니까 찾아봐 줬으면 좋겠어."

[예, 알겠습니다.]

힘없이 일어난 크리스였지만 그는 곧 아서의 예상대로 병사들의 흔적을 찾는 데 열중했다. 그것을 보며 펠이 작게 휘파람을 불어제꼈다.

[호, 머리 좋은데? 저 검 바보의 생각을 다른 데로 돌렸네?]

"잠시겠지만 멍하니 앉아 있는 것보단 나으니까."

[아까 병사 나부랭이들이 유물, 유물 그러던 게 보니까 뎀로스를 말하는 거 같던데.]

"그래, 거의 확실한 것 같다. 그러니 만약 몬데르고가가 찾는 유물이 뎀로스라면 난 그것을 롱베르크에게서 받아가야겠어. 그래야 그들의 계획이 뭔지 알게 될 테니까."

[그러게. 대체 뎀로스를 노리는 이유가 뭐지? 세계 정복이라도 할 셈인가?]

갑작스레 검 하나 가지고 세계 정복이니 마니 하는 펠을 보던 아서는 저도 모르게 입가를 실룩였다.

“풋, 대륙을 정복할 정도의 검이라는 거냐.”

[크리스가 뎀로스를 들었다고 본다면 뭐……. 농담 쪼금 보태서 틀린 말은 아니니까.]

하지만 그 말에 비안이 진지한 투로 답해 아서는 멋쩍은 웃음을 흘려야 했다.

“…하하.”

[너, 지금 내가 너 놀리는 거 같냐?]

“그걸 덥석 믿는 게 더 이상하겠지.”

[흠, 그런가…….]

말은 그리했지만 따지고 보니 나이첼의 이야기를 어느 정도 들었는 데다가 크리스가 마룡과 싸운 시점으로부터 크리스 또한 인간의 범주에 넣긴 너무나도 초인이었기도 하다.

“또 그러고 보니 그렇게 틀린 말도 아니네…….”

고개는 갸웃거렸지만 그의 말이 맞는 것 같다.

이번엔 비안이 웃었다.

[그렇지. 넌 아직 뎀로스가 어떤 검인지 몰라서 그래. 검을 든 검사가 반드시 몇만 명이나 되는 병사들과 단신으로 싸워야 대륙을 정복한다는 생각은 버려.]

확실히 비안의 말대로다.

[찾았습니다.]

어느새 병사들의 흔적을 찾아낸 크리스가 그들에게 다가왔다.

“자, 그럼 지금 그들이 뭘 하고 있는지 가서 얘기라도 들어
볼까?”

아서와 세 영혼은 곧장 크리스가 찾은 흔적을 따라 움직였
다. 마을로 돌아가 부상당한 병사들과 재정비를 하는 줄 알았
는데 그들의 흔적은 마을로 이어지지 않고 되려 더 깊은 숲
안으로 이어지고 있었다.

얼마 가지 않아 아서는 삼삼오오 모여서 얘기를 나누는 병
사의 대화를 엿들을 수 있었다.

그들이 큰소리로 떠든 것은 아니다. 다만 맨 처음엔 크리스
가, 중간엔 비안이, 마지막으론 펠이 얘기를 전달받아 아서에
게 알려주는 식이었다.

[흠, 롱베르크 욕을 계속하고 있다는데?]

“음…….”

[흠, 아직도 롱베르크 욕하고 있어.]

“흐음…….”

[흠, 제니? 제니가 누구야. 아무튼 보고 싶다는데?]

“아직도 본론은 안 나와?”

[애낸 꽝인가 봐. 다른 애들이 이야기하는데 마을로 안 내
려간 게 곧 있으면 합류할, 뭐라고 했더라…….]

“음…….”

[그래, 실력자들이 합류할 예정이라서 그렇대.]

“실력자들?”

[돈이 엄청 들었다는데?]

돈이 엄청 들 정도의 실력자라면 그만큼 믿는 구석이 있다는 소리였다. 롱베르크 정도의 실력을 가진 사람이 쉽사리 당할 리는 없었다. 아니, 웬만한 실력자 가지고는 롱베르크를 이길 수 없을 것이다.

[어디? 뭐? 트라이던트에서 나왔다고?]

트라이던트 출신이라는 말에 아서가 놀라 눈을 동그랗게 떴다.

[야, 거기 무슨 엘리트 집단이라며? 이거 위험한 거 아냐?]

"트라이던트에서 나오다니, 이게 대체……."

아서의 미간에 주름이 잡혔다.

왕권을 위해 존재한다는 트라이던트에 소속된 자들이 어째서 가문의 개인적인 일을 해결한단 말인가. 그것도 거액의 돈을 받으면서 말이다.

"그렇다면 기관에서 온 실력자들과 합류할 때까지 저들은 움직이지 않는다는 소리겠군."

[뭐, 그렇겠지.]

"롱베르크에게 가서 사실을 알리는 편이 좋겠어."

아서는 자리에서 일어나 다시금 롱베르크의 공방으로 걸음을 돌렸다.

엄선된 자들을 골라 어렸을 때부터 육성해 온 트라이던트 출신이라면 일개 기사들과는 그 수준이 달랐다.

특히나 상위 다섯 명 중 한 명이라도 이곳에 오는 사태가 벌어진다면, 아무리 롱베르크라 하더라도 몬데르고의 사병들까지 더해진 그들을 상대하긴 무리일 것이었다.

아서는 곧장 롱베르크가 있는 공방을 향해 뛰었다. 그의 옆에 붙은 펠이 물었다.

[뭐라고 말하게?]

"사실대로 말해야지. 그리고 뎀로스를 가지고 다른 곳으로 피하도록 해야겠지."

이번엔 크리스가 물었다.

[뎀로스를 받아갈 생각은 없으신지요.]

"물론 있지. 하지만 지금은 우선 뎀로스를 안전하게 옮기는 게 우선이겠지."

아서는 최대한 마찰을 피하도록 롱베르크에게 자신이 들은 이 사실을 알리고 뎀로스를 다른 안전한 곳으로 옮길 생각이었다. 자신이 받아갈 수 있으면 더욱 좋고 말이다.

[싸울 거냐?]

앞서 달리던 비안이 굳은 얼굴로 아서를 돌아보았다.

아서는 물었다.

"뎀로스는 중요한 것이지?"

[그래.]

[그렇습니다.]

[중요하다면 중요한 거지.]

세 영혼은 동시에 대답했다. 나이첼의 이야기를 들은 이상 아서에게도 이 뎀로스가 그들에게 얼마나 중요한 물건인지 알고 있었다.

"그리고 그들 손에 들어가서 무엇이 어찌 될지 모를 것이고?"

[하는 짓을 보아하니 적어도 좋은 일에 쓰려는 자들은 아닐 거다. 뭐, 가져간다고 뽑을 수 있을 리 만무하겠지만.]

[나이첼의 열쇠 건도 그렇고. 주인이 여기 있는 만큼 우리가 가지고 있는 게 안전하겠지.]

특히나 크리스의 각오는 그 누구보다 남달랐다.

[뎀로스를 가져와야 합니다, 반드시! 롱베르크 씨를 쓰러뜨리고서라도!]

"그럼 역시 싸워야겠네."

아서는 달리는 속도에 더욱 박차를 가했다.

태양은 중천에 떠 있었지만 숲은 해가 깊게 들지 못해 흐릿하고 어두웠다. 그가 작은 바위를 훌쩍 넘어 울창한 숲을 마주했을 때였다.

"……."

[아서님…….]

"나도 느꼈어."

크리스의 낮은 목소리에 아서 또한 무언가 기척을 느낀 듯 검손잡이 위로 손을 가져갔다.

[응? 뭐가?]

두 사람의 표정에서 심각함을 읽은 펠은 주변을 두리번거렸지만 당최 알 수가 없었다. 주변을 살펴본 비안 역시 입을 열었다.

[새 소리가 사라졌군.]

간간이라도 들려와야 할 새 지저귐이 완전히 사라져 있었다. 무엇인가가 새들에게 위험을 감지하도록 한 것이었다.

"!!"

Chapter 20
애쉬

바람을 찢으며 화살 한 발이 빠른 속도로 아서를 향해 날아
들었다.

카앙─!!

기척을 느끼고 검을 쥐고 있지 않았다면 막지 못했을 것이
다.

"크윽!"

검을 쥔 손이 저릴 정도로 강력한 화살이었다.

[저기!!]

크리스가 화살이 날아온 곳을 가리켰다. 아서가 숨을 고를
새도 없이 또 한 발의 화살이 아서를 노리고 날아들었다.

카앙—!!

나무로 만들어진 화살을 쳐내선 이런 둔탁한 음이 나오지 않는다. 아서는 검에 맞아 날아가는 화살을 스쳐보았다.

화살촉뿐만 아니라 깃까지 전부 쇠로 이루어져 있는 화살. 롱베르크의 대장간에서 들고 온 검이 아니었다면 몇 번 막아내지도 못하고 부러졌을지도 몰랐다.

[이쪽입니다!]

어느새 화살이 날아온 방향으로 달려간 크리스가 아서를 불렀다.

아서는 곧장 세 번째 화살이 날아오기 전 적을 향해 내달렸다.

파바밧—!

피잉—!!

눈 깜짝할 사이에 일어났음에도 상대는 벌써 세 번째 화살을 아서에게 쏘아냈다.

피빗—!

아서는 귓불을 스치는 화살은 무시하고 곧장 자신을 노린 이에게 검을 내리쳤다.

"!!"

하지만 아서의 검은 적을 베지 못한 채 허공을 갈랐다.

파앗—!

상대는 날랜 다람쥐처럼 아서의 검을 피해 뒤로 뛰어올랐다. 실로 엄청난 도약력으로 사람 키보다 훨씬 높게 뛰어오른 그는 어느새 활시위에 화살을 걸고 있었다.

연이어 강력한 화살이 아서를 향해 날아들었다. 너무 가까운 거리라 검으로 쳐내고 자시고 할 틈이 없었다.

"치잇!"

아서는 검날을 비스듬히 세워 화살 방향을 가까스로 바꿨다.

키기깅—!

쇠가 부딪쳐 튀어오른 불꽃이 아서의 머리카락을 태웠다.

"하앗!"

날선 기합을 뱉으며 아서는 도망치는 적을 쫓아 바닥을 강하게 차 올렸다. 아서의 검이 드디어 적에게 닿았다.

"흥!"

상대는 가볍게 코웃음치곤 날아드는 검을 향해 활을 맞부딪쳐 왔다.

카앙—!

"!!"

놀라움의 연속.

상대는 분명 활을 들어 아서의 검을 막았는데, 검과 맞부딪친 활은 쇳소리를 내며 튕겨졌을 뿐이었다. 화살뿐만 아니라 활까지도 단단한 금속으로 만들어진 것이다.

좌악—

캉캉캉―!

땅에 내려서자마자 아서는 적의 얼굴을 확인할 새도 없이 그에게 붙어 빠르게 검을 휘둘렀다. 앞선 상황으로 보건대 조금의 틈만 있다면 이 상대는 활을 쏠 것이었다.

'잠깐, 이 활과 화살……'

아서의 머릿속에서 번뜩이며 인물 하나가 뇌리를 스쳤다. 그래, 어째서 그것을 깨닫지 못했는가!

"리온!!"

캉―!!

아서의 커다란 외침과 동시에 그의 검과 리온의 활이 맞부딪쳤다. 급히 뒤로 물러서 아서를 물끄러미 바라보는 검은머리, 차가운 눈의 소년.

분명한 아서의 기억 속에 있는 리온이었다.

[쇳덩이 활에 쇳덩이 화살을 쏘는 놈이라.]

아서 곁에 선 비안이 기가 막힌다는 표정으로 리온을 바라보고 있었다.

[아서님이 아는 분입니까?]

크리스 또한 호기심 어린 눈으로 리온을 바라보고 있었다. 여러 이들이 자신을 바라보고 있다는 것을 모른 채 리온은 아서에게서 눈을 떼지 않았다.

한참 동안 그를 바라보던 리온은 싸늘함이 느껴지는 말투로 입을 열었다.

“네 녀석인가.”

그의 목소리는 아서를 알고 있었다.

물론 아서는 그를 과거에서부터 알고 있었다. 하지만 어째서 리온이 자신을 알고 있는지는 의문이었다.

[이 화살……. 전에도 본 적이 있습니다.]

‘그랬군!’

크리스의 말에 아서는 몸을 떨었다.

자신은 이미 이전에 이와 같은 화살을 마주한 적이 있었다.

“장부를 가져왔을 때 날아온 그 화살…….”

아서의 아버지를 역도로 몰고 가기 위한 이중장부.

그 음모를 꾸몄던 시종장을 잡았을 때 입막음을 위해 날아들었던 화살이 분명했다.

[뭐야?! 그럼 그때 화살도 저놈이 쏜 거야?]

펠도 뒤늦게야 그때를 기억해 냈다.

분명 재빨리 얼굴을 가렸지만 그 거리에서 화살을 쏘아낼 정도의 자라면 자신의 얼굴을 봤을 가능성이 컸다.

게다가 그것이 리온이라면 두말할 것도 없었다.

필시 그때의 소년이 이 자리에 나타났기에 리온이 공격해 온 것이었다.

싸늘한 리온의 말이 이어졌다.

“너는 뭐하는 자인가.”

다행히도 리온은 아서의 신분까지는 모르는 듯했다.

아서가 자신의 가문이 들통난다면 앞으로의 행동에 많은
제약뿐만 아니라 걸림돌이 될 뻔한 일이다. 그런 점으로 미루
어 보았을 때 이것은 꽤나 아서를 안심시키는 일이었다.

"제길, 기관에서 온 실력자가 하필……."

아서는 욕지거리를 내뱉었다.

리온은 상위 다섯 중에서도 상대하기 까다로운 이였다. 그
것도 트라이던트에서도 대적할 자가 없을 만큼의 놀라운 실
력자수.

펠이 물었다.

[그렇게 까다로운 놈이냐?]

"침묵의 사신, 리온."

그가 귀족 반란에서 불리던 이름.

그때의 아군들은 그를 만났다는 것을 알기도 전에 말도 안
되는 거리에서 날아와 꽂히는 화살에 얼마나 많이 목숨을 빼
앗겼는가.

그가 전장에 있다는 소리가 나올 때면 귀족들은 평상시보
다 3, 40미리아는 더 멀찍이 떨어져 군대를 지휘할 정도였다.

위력 또한 방금 보았듯 두말할 것도 없었다.

더욱이 저 화살을 방패로 막아내는 건 불가능했다.

대부분 저도 모르게 방패를 들었다가 방패와 함께 몸이 꿰
뚫려 버리기 일쑤였다. 아서 곁에 선 비안이 굳은 얼굴로 입
을 열었다.

[방금 세 번의 공격 모두 활을 쏘아내기 힘든 조건이었음에도 한 치의 흐트러짐도 없이 너를 노려 쐈다. 우연이 아니라면 정말 까다로운 상대일 거다.]

"우연이 아니라는 것을 알기에 더 미치겠군."

아서는 쓰게 웃었다.

백이면 백, 리온이 마음먹은 이상 화살은 전부 자신을 향해 날아올 것이었다.

"대답하지 않을 셈이로군⋯⋯."

예나 지금이나 리온 특유의 차가운 말투는 여전하다.

삐이익—

그는 아서가 자신에 대해 말하지 않을 거란 결론을 내었는지 조용히 허리춤에 매달린 화살통에 손을 넣었다.

[옵니다⋯⋯.]

꿀꺽—

긴장한 크리스의 말에 아서의 목젖을 타고 마른침이 넘어갔다.

'어쩌지⋯⋯.'

아서는 생각했다.

자신이 리온에게 대항할 수 있는 수단은 단 한 가지.

그가 화살을 시위에 걸기 전에 근접하여 싸우는 것뿐이었다.

"하앗!"

팡—!

아서는 곧장 땅을 차고 리온을 향해 내달렸다. 그가 화살을 걸기 전에 먼저 그를 제압해야만 한다.

휘릭—!

하지만 리온의 몸은 매우 빠르고 가벼웠다. 아서가 앞에 당도하기도 전에 그는 이미 멀찌감치 뒤로 몸을 날렸다.

그 거리가 아서가 도약한 것보다 더 멀고 높았다.

마치 다리에 스프링을 달아놓은 듯했다.

뜨드득— 피잉!!

팽팽하게 당긴 그의 활시위에서 손이 놓였을 때 강력한 화살은 아서를 그대로 뚫어버릴 듯 세차게 날아들었다.

캉—!

"크윽!"

화살을 받아칠 때마다 검의 손잡이를 잡은 손이 요동치듯 떨려왔다. 마냥 이대로 그의 화살이 전부 떨어지길 기다릴 수도 없는 노릇이었다.

"괜찮겠지……?"

[마나 소드를 쓸 생각이십니까?!]

크리스는 아서의 의도를 눈치챈 듯싶었다.

"여기서 죽는 것보단 나으니까."

검을 잡고 있는 손이 저려와 더 이상 강하게 꼬나쥐기가 힘들었다. 아귀힘을 비축하고 화살의 소모를 위해서 남은 방법은 이것뿐이다.

[하지만…….]

크리스는 망설이는 듯 입을 우물거렸다.

분명 지금의 상황에선 아서의 의도가 맞을 것이다. 하지만 지금 아서는 롱베르크와의 싸움에 이미 많은 체력을 소진한 상태나 마찬가지.

이번에 또다시 마나 소드의 지속 시간이 길어진다면 가이진과의 싸움처럼 될지도 몰랐다.

그것만은 피해야 했다.

우우웅―

크리스가 아서에게 뭐라 조언을 건네기도 전에 어느새 아서는 검을 붉게 물들이고 있었다.

"끝이다."

동시에 차가운 목소리만큼 정확한 조준으로 리온은 아서를 향해 화살을 날렸다.

쉬악―!

바람을 찢어발기며 철화살이 아서의 눈앞까지 날아들었다.

그 순간!

스악―

"!!"

리온의 두 눈동자가 크게 뜨였다.

어느새 붉게 변해 버린 아서의 검이 철화살을 두 동강 내버린 것이다. 리온이 알고 있는 한 그의 화살을 무력화시킬 수 있는 것은 단 하나뿐이었다.

"마나 소드……."

분명 눈동자는 놀라 있었지만 그의 얼음장 같은 표정은 풀리지 않았다. 게다가 그는 잠시 멈췄던 손을 움직여 곧바로 다음 화살을 활시위에 걸었다.

크리스가 혀를 찼다.

[허, 마나 소드를 보고도 동요하지 않는군요.]

놀라긴 비안 또한 마찬가지였다.

[어떻게 보면 정말 대단한 놈이군.]

[아서님이 지치길 노리는 걸까요?]

분명 리온의 선택은 마나 소드가 발현자의 체력을 얼마나 빨아먹는지 알고 있는 자의 행동이었다.

"그전에 끝내겠어!"

파앙—!

아서는 기합을 내지르며 또 한 번 리온을 향해 달려들었다.

쉬익—!

또다시 거리를 벌리며 리온이 화살을 쏘아냈지만 이번엔 달랐다.

"하앗!"

스악!

아서의 검은 한 치의 망설임도 없이 리온의 화살을 잘라냈다. 동시에 경직없는 움직임으로 곧장 땅에 내려선 리온의 코 앞까지 달려들었다.

쉬익!

"!!"

머리 위로 내쳐지는 검을 막으려 활대를 들었던 리온은 금세 아차 하는 눈빛으로 황급히 몸을 틀었다.

자신이 상대하는 것은 마나 소드의 구사자. 제 아무리 단단한 강철로 만들어진 활이라 할지라도 마나 소드 앞에선 무력할 것이었다.

스악—

역시나 날카로운 소리를 내며 리온의 활대를 잘라버린 아서의 검은 아슬아슬하게 몸을 튼 리온의 뺨을 스치는 데 그쳤다.

작은 핏줄기가 아서의 얼굴에 묻음과 동시에,

휘릭—

어느새 화살을 쥔 리온이 몸을 회전시켜 아서를 찔러 들어왔다. 아서는 곧장 그 화살 또한 두 동강 내버렸다.

빽—!

동시에 아서는 돌려차기로 리온의 옆구리를 걸어찼다.

"큭!"

촤악—!

리온의 입에서 신음이 튀어나왔다. 그는 대여섯 발자국 정도를 물러나고서야 간신히 멈춰 섰다.

슥―

그리곤 어느새 아서는 리온 앞에 서 있었다. 그가 뻗은 검은 리온의 목젖 앞에서 아슬아슬하게 멈춰 있었다.

"……."

"강하군……."

리온은 반듯하게 잘려 나간 활대를 바닥에 버렸다.

[마나 소드를 해제하는 게 좋을 듯합니다.]

아서의 이마 위로 작은 땀이 송골송골 맺혀 있는 것을 크리스가 발견하고 말했다. 그의 당부에 아서는 고개를 끄덕였다.

스응―

아서가 마나 소드를 풀자 동시에 검을 둘러싼 붉은 기운이 순식간에 사그라들었다.

"죽여라."

리온은 짧은 한마디를 던진 채 미동없이 아서를 바라보았다. 죽이라는 말 또한 너무나도 차가웠기에 되려 리온을 바라보는 아서의 눈동자가 작게 흔들렸다.

'너는 늘 그렇게 차가웠다. 마치, 감정을 늘 죽여온 사람처럼 말이다.'

사실 아서는 가급적이면 리온을 죽이고 싶지 않았다.

비록 그가 예전에 자신을 죽이기 위해 따라온 남자였지만 말이다.

　“나는… 나는 네가 부럽다, 아서 란펠지…….”

　기사학교 시절, 자신을 바라보며 슬프게 웃던 그의 모습이 지금도 아서의 뇌리엔 고스란히 담겨 있었다. 그의 두 눈에 그렁거리던 눈물을 잊을 수가 없었다.
　“제기랄…….”
　“…….”
　꾸욱―
　아서는 검을 쥔 손에 힘을 주었다.
　‘하지만… 하지만…….’
　그때의 리온은 지금의 리온과는 다른 사람이다.
　아니 아예 자신과는 만난 적도 없는 사람이나 마찬가지였다.
　아서 란펠지와 기사학교를 다녔고, 속내를 아서에게 작게나마 털어놓았던……. 그리고 자신을 죽이기 위해 쫓아온 그때의 리온은 이곳에 존재하지 않았다.
　아서는 낮게 변한 목소리로 입을 열었다.
　“묻겠다. 너희는 유물을 회수해서 무엇을 할 작정인 거지?”
　“…….”

리온은 대답하지 않았다.

그래, 애초에 그가 대답할 것이란 생각은 하지 않았다.

그가 계속해서 적이 된다면 자신이 행하고자 하는 일에 크나큰 걸림돌이 될 것이다. 그럴 바에는 차라리 지금 그를 사로잡았을 때…….

"그래, 너라면 대답하지 않았을 거다……."

아서는 결심을 굳힌 듯 아랫입술을 물었다.

그리곤 검을 쥔 손에 힘을 넣었다. 그의 검이 리온의 목을 찔러 들어가는 순간.

[뭔가 옵니다!!]

놀란 크리스의 외침이 아서의 귓가를 때렸다.

아서가 고개를 돌리자 그곳엔 수풀이 갈라지고 흙먼지가 터져 오르고 있었다.

파파파팟—!

곧이어 엄청난 속도로 달려온 자가 아서를 향해 번뜩이는 무언가를 휘둘렀다.

검이었다!

"!!"

콰앙—!

분명 검과 검이 맞부딪쳤는데 폭발하는 소리가 터졌다.

아서의 몸이 공중에 붕 떴다.

팔이 떨어져 나갈 것 같은 강력한 충격에 아서는 저도 모르게 짧은 비명을 내질렀다.

"크윽!"

아서는 수십 발자국을 밀려 나간 끝에 바닥을 굴러서야 간신히 몸을 바로 세울 수 있었다. 아서가 잠시 떨어진 사이 리온은 곧장 땅에 떨어진 화살을 주워 그를 향해 내던졌다.

쉬익―

캉―!

[제길, 몸을 뒤로 뺐다!]

재빨리 몸을 돌려 숲 안으로 사라진 리온을 보며 비안이 외쳤다.

"크으……."

아서는 아직도 저릿한 손아귀를 털어냈다.

[그리고 새로운 자가 나타났습니다.]

크리스의 이야기에 촉각을 세우며 아서는 검을 다잡았다.

"이 정도의 힘을 가진 녀석이 트라이던트에 있었나……."

아마도 리온이 도망칠 시간을 벌어주기 위해 달려온 트라이던트의 또 다른 실력자일 것이라고 생각했다.

하지만 이 정도의 힘을 가지고 방금 전과 같은 빠르기를 보여준 자가 트라이던트 상위 넘버즈에 있었는지는 기억이 나지 않았다.

단 한 명을 제외하곤 말이다.

[붉은 머리의 검사…….]

“뭐?”

붉은 머리라는 소리에 아서의 눈동자가 커졌다.

상대는 아서가 불시의 기습을 막아낸 것에 칭찬을 하는 것인지 놀리는 것인지 모를 투로 말했다.

“그걸 막아내다니 상당하군.”

그것은 단단하면서도 오만함이 배어 있는 목소리.

두근—

순간 그 목소리가 아서의 심장을, 가슴을 크게 때렸다.

두근—

심장의 고동에 맞춰 아서의 고개가 서서히 움직였다.

마치 녹슨 톱니바퀴가 안간힘을 쓰며 돌아가는 것 마냥 아서의 고개가 천천히, 그리고 힘겹게 돌아갔다. 그리고 아서의 시선은 자신을 바라보는 붉은 머리 사내의 얼굴에서 그 움직임을 멈췄다.

그의 심장이 요동치기 시작했다.

두근—! 두근—! 두근—!

머리 꼭대기까지 울리는 심장의 고동 소리에 아서는 차라리 자신이 헛것을 보았기를 간절히 원했다.

하지만 현실이다.

아서의 입술이 천천히 열렸다.

“애쉬……..”

애쉬란 이름에 펠을 비롯한 비안과 크리스도 놀라 그를 돌아보았다.

[저놈이 애쉬야?]

[얼굴도 딱 나 강해요라고 말하는 것 같네.]

[브리오니아에서 가장 강하다는 남자…….]

타오르듯 붉은 머리를 가진 남자.

트라이던트의 수장이자 근위대의 대장을 겸임하고 있는 자. 무엇보다, 누구보다 강한 그 실력으로 모두를 죽이고 기어이 세실의 목숨까지 빼앗은 사내.

"너, 나를 어떻게 알고 있는 거지?"

반면 애쉬는 아서가 자신의 이름을 또렷하게 부른 것에 의문을 표했다. 아서는 그를 알고 있지만 애쉬는 아서를 모른다.

이것은 리온 때와 같은 상황이었다.

자신이 지금 바라보는 애쉬는 그때의 애쉬가 아니었다. 생김새는 같지만 전혀 다른 인격이 될 수 있는, 전혀 다른 삶을 살 수 있는 가능성을 가진 애쉬였다.

"애쉬……."

하지만 아서의 머릿속엔 애쉬의 물음 따윈 들어오지 않았다. 그의 얼굴을 마주한 순간부터 숨쉬는 것마저 잊어버릴 듯한 강한 무엇인가가 아서의 머릿속을 지배해 버렸으니까.

뚜두둑―!

검을 꼬나쥔 아서의 손마디에서 뼛소리가 터져 나왔다.

"이! 개자식아!!"

그것은 짐승의 부르짖음과 같았다.

[어어?!]

[갑자기 뭐야?!]

자신을 바라보던 세 영혼마저 놀라게 할 만큼 아서는 커다란 노성을 터뜨렸다. 격노한 모습의 아서는 그대로 애쉬를 향해 돌진하다시피 했다.

"?!"

아서의 부르짖음에 애쉬 또한 재빠르게 검을 뽑고 뒤로 물러섰다. 자신에게 향한 아서의 살기가 그에게 검을 뽑도록 만든 것이었다.

"으아아아!"

그가 어째서 자신을 보고 이리도 미친 황소 마냥 달려드는진 몰랐다. 하지만 그가 리온을 애먹였다면 결단코 자신이 방심해서는 안 될 상대임엔 분명했다.

카앙―!

아서가 휘두른 검이 불꽃을 튀기며 애쉬의 검과 맞닥뜨렸다. 얼마나 강하게 내리쳤는지 검을 내리찍은 아서가 제 힘에 못 이겨 휘청일 정도였다.

"후웁!"

애쉬는 처음 본 그가 자신의 이름을 정확히 알고 있는 것과 원인 모를 분노를 자신에게 터뜨리는 것을 보며 의아함을 느졌다.

뜨드득—

애쉬는 한껏 손아귀에 힘을 얹어 아서의 검을 서서히 밀어 올렸다.

"다시 묻겠다. 너는 나를 알고 있는가?"

"잘 알고 있다! 아주! 잘!!"

뿌득—!

아서는 이를 갈았다.

분명 자신이 이렇게 행동하는 것이 옳지만은 않다는 걸 아서 본인 또한 잘 알고 있었다. 하지만 지금 눈앞의 애쉬를 본 순간 그런 이성적인 면들은 연기 흩어지듯 한순간에 사라져 버렸다. 당장에라도 이 눈앞의 사내를 죽여 미래를 바꿔 버리고 싶은 마음만이 간절했다.

"으아아아!"

캉! 캉! 캉!

검을 휘두르는 아서의 기세는 그야말로 광포했다. 하나 애쉬는 침착하게 아서의 검을 받아내고 있었다.

"너 때문에! 너 때문에!!"

[아서님, 침착하십시오! 그렇게 막무가내로 검을 휘둘러선 체력만 빼앗깁니다!]

크리스가 다급히 외쳐보지만 아서에겐 그 목소리가 닿지 못했다.

“헉, 헉……..”

아서의 숨은 벌써부터 턱 아래까지 차올라 있었다.

흥분한 탓에 힘 조절도, 움직임도 전부 잊어버린 탓이었다.

“실망이로군.”

묵묵히 아서의 검을 받아내던 애쉬가 작은 달싹임을 날렸다. 그의 말엔 불쾌함과 실망이 담겨 있었다.

캉—!

동시에 그는 보기 좋게 아서의 검을 힘으로 올려쳐 냈다. 덜덜 떨리는 아서의 팔이 무방비 상태로 허공에 떴다.

“!!”

아서의 기운이 떨어지기를 기다린 것이다.

애쉬는 검을 올려치자마자 날카로운 공격을 퍼부었다.

피빗—!

아서가 간신히 머리를 비틀었지만 뺨이 찢겼다.

흘러내린 피가 턱을 타고 바닥으로 떨어져 내렸다.

휘릭—

아서는 급히 뒤로 물러서 흐르는 피를 닦아내 보았지만 피는 좀처럼 멎을 기세가 아니었다.

그만큼 상처가 깊다는 얘기다.

“기세는 좋으나 검술은 형편없군.”

애쉬는 리온에게 뒤지지 않을 만큼 차가운 말투로 아서를 쏘아붙였다.

애쉬는 아서를 치고 들어오기에 충분한 틈과 시간이 있었음에도 자리에서 움직이지 않은 채 아서를 물끄러미 바라보고만 있었다.

"리온을 몰아세운 것이 우연이 아님을 나에게 증명해 봐라."

애쉬는 마치 자신과 아서의 차이를 보여주겠다는 듯 오만한 눈빛으로 아서를 바라보았다.

"하하. 그 성격은 예전이나 지금이나 똑같군."

[진정하십시오. 흥분해서 어찌 될 상대가 아닙니다. 우선 뒤로 빠지는 편이 좋을 것 같습니다. 비안, 아서님을 부탁드립니다.]

[그래.]

크리스는 곧장 숲 안으로 들어가 버렸다.

"그래, 크리스의 말이 맞아."

아직 어린 나이의 애쉬이긴 했지만 흥분으로 달려들어 어찌해 볼 만큼 만만한 상대가 아니었다. 그래, 자신은 지겨울 만큼 그의 검술을 겪어보았지 않은가.

[야.]

조심스레 비안이 아서 곁으로 다가왔다.

[이미 앞선 싸움에서 너무 무리했어. 지금은 물러나는 게 현명해. 크리스가 퇴각할 만한 길을 찾고 있으니까 조금 더 버텨봐라.]

비안이 보기에 지금 상태로 아서가 애쉬라는 저자에게 이길 확률은 극히 적어 보였다.

"그렇게 하지 않을 거야."

[이 상황에서 고집 피울 거냐?]

비안이 짜증 섞인 목소리를 내었지만 아서는 고집을 꺾지 않았다.

"후우……."

아서는 말없이 천천히 호흡을 가다듬었다.

"이제야 정신을 찾은 모양이군."

호흡을 가다듬는 아서를 보는 애쉬의 표정은 한결 여유로워 보였다. 상대의 수준이 자신이 생각한 것보다 별로였기 때문이다.

"너의 이름은?"

"아서 란펠지다."

애쉬를 바라보는 아서의 두 눈은 이글이글 타오르고 있었다.

[…….]

팰도 비안도 아서가 이리 누군가에게 집착하는 것은 처음 보았다. 마치 목적이고 뭐고 다 때려친, 복수에 사로잡힌 사람 같았다.

"애쉬, 난 오늘 널 반드시 죽일 거다."

"그래, 아서 란펠지. 네 실력이 된다면 내 목숨을 가져가도 좋다.”

쉬잉—

검을 겨누고 마주한 두 사람 사이로 가을의 서늘함을 안은
바람이 지나갔다.

우우웅—

[야!]

[야, 너 미쳤어?!]

아서의 검은 또 한 번 붉게 물들었다.

마나 소드의 발동에 펠과 비안이 화들짝 놀라 앞으로 나섰
다.

“이것 밖에 없어. 녀석과 싸워 이기기 위해선…….”

작은 달싹임. 애쉬에게서 떨어지지 않은 시선. 그야말로
지금 자신이 담고 있는 모든 것을 애쉬에게 퍼부을 것이다.

아서의 검이 붉게 물들자 애쉬의 표정에 변화가 생겼다.

“하?! 마나 소드인가.”

자신과 또래인 자 중에 마나 소드를 구사하는 이가 있다는
소리는 들어본 적도 없었다. 대륙에서도 손가락에 들 정도로
숫자가 적은 이들, 그런 소드 마스터를 이룩한 이가 자신말고
또 있다니.

애쉬는 저도 모르게 입가에 옅은 미소를 걸었다.

“리온이 밀린 것도 이해가 가는군.”

애쉬는 이어 자신의 검을 앞으로 세웠다.

“하아!!”

애쉬가 날선 기합을 뿌리자 그의 검이 푸른빛으로 둘러싸였다. 아서와 색만 다를 뿐 같은 마나 소드였다.

스으응―

그의 검은 불어오는 바람마저 잘라 버릴 듯한 서늘한 느낌을 뿜어대고 있었다.

[저놈도 마나 소드의 구사자인가…….]

애쉬의 마나 소드 발동에 펠과 비안이 얼굴을 굳혔다. 그 사이 아무 소식이 없는 셋에게 돌아온 크리스 또한 애쉬가 발동시킨 마나 소드를 보고 놀란 눈치였다.

[저건?! 마나 소드 아닙니까! 지금 아서님 상태로 이런 싸움은 무리…….]

아서 앞으로 뛰쳐나가려는 크리스의 어깨를 잡은 비안이 고개를 가로저었다.

[아무래도 최악의 상황까지도 각오하고 있어야 할 것 같다.]

펠 역시 어깨를 으쓱이곤 체념한 듯 입을 열었다.

[저런 눈을 하고 있을 땐 무리야, 무리.]

[…….]

크리스는 안타까움 가득한 눈으로 아서를 바라보고 있었다.

‘조금 더 시간이 있었다면……. 내가 더 그를 가르칠 시간

이 있었다면…….’

크리스를 비롯한 세 영혼의 걱정스런 시선을 뒤로 한 채 아서는 당장에라도 애쉬를 향해 뛰어들 태세였다.

그를 바라보던 애쉬의 입가에 비릿한 조소가 걸렸다.

“와라.”

애쉬의 말이 끝나기 무섭게 아서가 그에게 달려들었다.

“하앗!”

아서와 애쉬가 동시에 반원을 그리며 검을 내질렀다.

쉬잉—!

허공을 가르는 두 검에서 바람을 가르는 소리가 살벌하게 퍼졌다.

피빗—!

애쉬의 검이 아서의 왼팔을 베었다.

퍽—!

동시에 아서의 발차기가 애쉬의 옆구리를 강타했다. 하지만 애쉬는 무릎을 들어 그의 발차기를 막아냈다.

휘릭—!

동시에 몸을 회전시킨 애쉬의 내려찍기가 아서의 어깨를 찍었다.

빠각—!

“크으!”

아서는 애쉬의 뼈가 울리는 내려찍기를 이를 악물고 버텨

냈다.

"우아아아!"

아서는 그대로 애쉬를 밀쳐 넘어뜨리려 했다.

"흥!"

팟—!

하지만 놀랍게도 애쉬는 아서의 어깨에 걸쳐놓은 다리에 더욱 힘을 가해 아서의 머리 위로 몸을 날렸다.

쉬잉!

아서가 재빨리 검을 휘둘러보지만 그의 검은 아슬아슬하게 애쉬를 베지 못하고 허공을 갈랐다. 애쉬가 땅에 내려서자마자 쫓아온 아서의 검이 그를 노리고 날아들었다.

카앙—!

두 자루의 검이 부딪치자 충격파가 공간을 울렸다.

그야말로 마나 소드, 살짝만 베어도 피부가 갈라지고 허연 뼈를 드러내기에 충분한 치명상을 줄 수 있었다.

캉—! 카앙! 캉!

두 사람은 계속해서 종이 한 장 차이로 서로의 검을 피하며 공격을 주고받았다.

셩! 셩—!

바람을 가르는 서늘한 검풍이 두 사람 주변을 둘러싸는 듯하다.

쉬악!

아슬아슬하게 애쉬의 검이 아서의 이마 위를 스쳤다.

그의 이마에서 흘러내린 피는 눈썹을 타고 눈가를 따갑게 만들었다. 그럼에도 아서는 눈 하나 깜빡이지 않고 애쉬를 향해 검을 내질렀다.

핏—

아서의 검 또한 애쉬의 뺨에 상처를 내었다.

동시에 서로에게 상처를 입힌 두 사람. 그것은 더욱 그들을 자극시켰다.

살짝 뒤로 물러선 애쉬는 뺨에 나 있는 상처를 어루만졌다. 그러더니 미친 듯 웃기 시작했다. 웃음을 멈춘 그는 신기한 이를 보는 듯한 눈으로 아서를 바라보았다.

그리고 그의 검이 또 한 번 울음을 터뜨리려는 때.

삐익—!!

숲을 울리는 호각 소리가 하늘 위로 뻗었다.

아쉬움이 짙게 배인 표정으로 애쉬는 검을 거뒀다.

"여기까지군."

검을 넣은 애쉬는 뒤도 돌아보지 않고 숲 안으로 뛰어들었다. 호각 소리가 울린 곳으로 가는 것이 분명했다.

"거기 서!!"

아서는 몸을 돌린 애쉬를 향해 뛰었다.

절대로 그냥 보내줄 생각이 없었다.

"기회도 주었고 경고도 했다."

"미안, 내가 좀 벽창호라서 말이지."

카앙―! 캉!

또 한 번, 다시 또 한 번, 그리고 또 다시 검이 격렬한 불똥을 튀기며 격돌했다. 마나 소드로 둘러싸인 검이 맞부딪칠 때마다 소리는 고막을 찢을 듯 크게 울렸다.

아서가 자신을 따라올 것을 예상이라도 한 듯 애쉬의 얼굴엔 비릿한 조소가 피어 있었다.

"너의 분노가 왜 나를 향하는지는 모르겠다만, 덕분에 너를 죽이는 데 주저함은 없어졌다!!"

쉬리릭―!

애쉬의 검이 아서의 목을 노렸고 다음엔 손목을, 그리곤 어깨를 노렸다.

파바밧―!

아서는 간발의 차로 아슬아슬하게 애쉬의 검을 모두 피해냈다. 손목을 노리던 그의 검엔 손가락이 잘릴 뻔했으나 가까스로 검을 흘렸다.

캉―!

촤악―!

두 사람은 풀숲을 내달리며 계속해 검을 부딪쳤다.

팟―!

바닥에 돌이 보이면 그것을 차 날렸다.

바위가 앞을 막고 있다면 주저없이 베어넘겼다.

“우아아!”
“으아아!”
아서는 눈앞의 굵은 나뭇가지를 밟고 뛰어올라 애쉬를 향
해 검을 내리쳤다.

Chapter 21
사투의 끝

"크헉!"

롱베르크의 검에 찔린 사병이 가슴을 부여잡고 쓰러졌다.

이로써 남은 사병의 숫자는 네 명.

피슈웅―!

이번에도 어김없이 날카로운 화살이 또 한 병사를 공격하려는 롱베르크에게 날아들었다.

캉―!

"큭!"

롱베르크는 사병에게 휘두르려는 검의 방향을 돌려 가까스로 날아온 철화살을 튕겨냈다.

찌잉.

양손에 들고 있는 그의 검이 진한 떨림을 손아귀에 울려댔다. 리온은 롱베르크가 자신을 향해 달려들면 귀신같이 뒤로 물러서곤 화살을 날렸다.

결정적 순간, 그에 대한 경계심이 잠시 틈을 보이면 어김없이 날아드는 화살 때문에 롱베르크는 주변의 사병들을 일찌감치 처리할 수 있음에도 꽤나 애를 먹고 있었다.

"이놈이!"

쉬익―

롱베르크가 잠시 주춤한 틈을 타 사병 하나가 검을 찔러 들어왔다.

킹―!

롱베르크는 재빨리 사병의 검을 쌍검으로 낚아채듯 막아냈다. 그러자 병사의 검이 너무나 쉽게 두 동강 났다.

곧장 그의 쌍검이 사병의 목을 꿰뚫었다.

동시에 리온이 날린 화살이 롱베르크의 귀를 치고 날아갔다.

"크윽!!"

불쏘시개로 달군 아픔이 전신에 퍼졌다.

롱베르크는 곧장 목을 꿰뚫은 병사의 검을 들어 리온에게 던졌다.

캉―!

하지만 놀랍게도 리온은 롱베르크가 던진 검을 화살을 쏘
아 맞춰 버렸다.

그야말로 대단한 솜씨였다.

"……."

하지만 리온의 상황이 나은 것은 아니었다.

허리춤에 놓여 있던 화살은 슬슬 바닥을 내보이고 있었다.
게다가 롱베르크의 몸놀림이 저보다 빨랐기에 잠시 집중력을
흩뜨리면 그는 어느새 코앞까지 달려들기도 했다.

그나마 병사들이 그의 발목을 잡아주긴 했지만 이제 그 병
사들 또한 몇 명 남지 않았다.

롱베르크가 또다시 병사들과 검을 부딪치고 리온이 화살
을 당기는 순간.

콰앙―!!

지축을 흔드는 굉음과 함께 바로 옆 풀숲에서 아서와 애쉬
가 튀어나왔다.

"으아아아!"

"하앗!"

널찍한 공터나 다름없는 롱베르크의 공방에서도 두 사람
의 처절한 싸움은 이어졌다.

카앙! 캉! 캉! 캉!

날카롭고 어지러운 쇳소리가 지축에 퍼졌다.

애쉬의 얼굴에 자잘한 상처들이 여기저기 생겨 있는 것을

본 리온은 놀라 당겼던 활까지 내렸다.

'저 애쉬가……'

쉬익—!

아서의 검은 애쉬의 심장을 겨누었다.

파밧—!

애쉬 또한 아서의 목을 노리고 검을 내질렀다.

아서는 재빨리 검을 미끄러뜨려 애쉬의 검을 흘린 뒤 몸을 회전시켜 그의 목을 내리쳤다. 애쉬는 급히 몸을 뒤로 젖혔고 아서의 검은 애쉬의 목 언저리를 아슬아슬하게 지나쳤다.

핏—

스친 애쉬의 목젖 위로 작은 핏방울이 맺혔다.

얼마나 세차게 휘둘렀는지 아서의 검이 스친 가죽 보호대는 쩌억 갈라져 너덜너덜해져 버렸다.

싸움이 워낙에 격렬하고 무시무시하였기에 사병들이 되려 두 사람의 싸움에 휘말리지 않기 위해 멀찌감치 떨어져야 했다.

[뭔가에 홀린 녀석처럼 싸우는군.]

[가이진이란 남자와 싸웠을 때와 비슷합니다.]

크리스의 침울한 목소리가 이어졌다.

[그래, 정신은 아직 있는 것 같지만 위험하겠지……]

비안은 두 사람의 싸움을 보며 담배를 입에 물었다.

잘못하면 이것이 자신이 피는 마지막 담배일지도 모른다.

[담배 연기가 별로 안 나네…….]

펠은 자포자기한 투로 많지 않은 비안의 담배 연기를 휘휘 저어본다. 아서의 마나로 형체를 유지하는 그들이었기에, 담배 연기가 적게 나온다는 건 아서의 마나가 그만큼 빨리 사그라지고 있다는 증거였다.

[…….]

싸움을 바라보는 크리스는 두 주먹을 꽉 쥐고 있었다. 이렇게 가다간 아서는 또다시 그때 가이진과의 싸움처럼 스스로 자멸하는 결과를 낳고 말 것이다.

문제는 저 애쉬라는 소년이 가이진과는 비교도 안 될 만큼 강한 상대라는 것이다. 가이진 때는 다행스럽게도 그가 먼저 물러났지만 지금은 다르다.

[제기랄…….]

좀처럼 욕지거리를 내뱉지 않은 크리스였지만 이번만큼은 안타까움과 답답함에 쓴 말을 뱉었다.

서로 상대를 죽일 듯 치열하게 싸우는 것 같아 보이지만 아서와 다르게 애쉬에게는 뭔가 숨겨놓은 다른 무엇인가가 있는 것처럼 보여 찜찜하기 그지없었다.

캉—!

애쉬가 검을 올려치는 순간, 아서의 검이 미끄러지듯 그의 검날을 타고 내려왔다.

츠읏!

애쉬는 급히 몸을 비틀어 피했으나 아서의 검이 그의 어깨를 여지없이 베어버렸다.

"크으!"

"애쉬!!"

놀란 리온이 그의 이름을 외쳤다.

이어 그는 롱베르크가 자신에게 달려옴에도 한치의 주저함 없이 마지막 남은 화살을 아서에게 날렸다.

쉬익—!

아서는 즉각 화살을 피해 뒤로 멀찌감치 물러섰다.

쾅—!

리온의 화살은 바닥에 꽂혔고 굉음을 내며 커다란 모래 먼지를 올렸다. 모래가 가라앉고 난 뒤에 아서는 자신을 서늘한 눈으로 바라보는 애쉬와 마주하게 되었다.

애쉬는 베인 어깨와 아서를 번갈아 바라보았다.

"강하군……."

여태껏 트라이던트에 있으면서 자신을 이렇게까지 애먹였던 사람이 있었던가? 트라이던트의 교관들마저 자신에겐 한 수 접는 수준에 오른 지 벌써 일 년이 넘었다.

그런 그에게 있어 아서의 등장은 기쁨이자 불쾌함을 동시에 주는 꼴이 되었다.

"보여주마, 진정한 마나 소드를 쓰는 자가 어떤지."

[설마…….]

상황을 지켜보던 크리스가 부릅뜬 눈으로 애쉬를 바라보았다. 자신이 생각하는 그것이 맞다면 아서가 애쉬에게 이길 확률은 극히 바닥으로 떨어진다.

부우웅—

말이 끝나기 무섭게 애쉬의 검을 감싸고 있던 푸른빛이 파도가 넘실거리듯 요동치기 시작했다.

"하아아아!"

애쉬의 기합 소리가 터지자, 손으로 눈을 가릴 정도의 푸른빛이 순간적으로 터져 나왔다.

"큭!"

아서는 갑작스레 터진 빛에 살짝 눈살을 찌푸렸고 애쉬는 그 틈을 놓치지 않았다. 그는 맹렬한 기세로 아서에게 달려들었다.

스앙—!

그리곤 아서 앞에 도달하지도 않았음에도 검을 휘둘렀다. 아서는 또한 급히 검을 다잡아 달려드는 애쉬의 공격에 대비했다.

하지만.

촤악—!

"이 무슨……."

애쉬의 검은 아서의 쇄골을 종이 베듯 날카롭게 지나쳤다. 워낙 번개처럼 빠르기도 했지만 도저히 저 거리에서 닿을 수 있는 공격이 아니었다.

파밧—!

아서는 급히 몸을 뒤로 뺐다.

뒤로 물러서는 그에게 애쉬는 검을 휘둘렀고 아서는 서늘한 느낌에 반사적으로 검을 들어 그 기운을 막아냈다.

캉—!

그러자 놀랍게도 쇳소리가 튀어나왔다.

"!!"

분명히 검이 닿을 거리가 아니었음에도 애쉬의 검은 아서에게 닿았던 것이다!

날카로운 섬뜩함이 등줄기를 훑고 지나가는 느낌에 아서는 저도 모르게 또 한 번 발을 차 뒤로 몸을 피했다. 그러자 놀랍게도 애쉬의 검이 아슬아슬하게 아서의 윗단추를 끊으며 지나쳤다.

"하아, 하아……. 검이……."

아서는 부릅뜬 눈으로 애쉬의 검을 바라보았다.

놀랍게도 그의 검은 길이가 늘어나 있었다.

엄밀히 말하자면 검이 길어진 것은 아니었다. 검을 감싸고 물들었던 푸른빛이 늘어나 그가 들고 있는 검의 두 배만큼 뻗어 있던 것이다.

비호 같은 공격을 내보이던 애쉬는 잠시 움직임을 멈추고 물끄러미 아서를 바라보았다.

"역시… 넌 그 정도가 한계였군."

쉬잉! 쉬잉!

그가 허공에 대고 검을 휘두르자 주변의 공기마저 잘리는 서늘한 바람이 불어댔다.

"이것이 나의 마나 소드, '그라프닐의 검' 이다."

검의 주변을 감싸는 것으로 모자라 기운 자체가 검의 모양으로 길어지는 것. 그로 하여금 통상 두 배 이상 공격 범위를 늘려 사용자에게 적이 다가서지도 못하는 마나 소드.

그것이 애쉬의 마나 소드, 그라프닐의 검.

크리스 또한 믿을 수 없다는 듯 멍한 표정을 지었다.

[저건… 마나 소드의 제2형태…….]

[제기랄!! 하필 가장 까다로운 형태를 구사하는 녀석과 만나다니!]

싸움을 지켜보던 비안 또한 물고 있던 담배를 바닥에 내던졌다. 이렇게 가다간 일말의 희망이고 자시고 기대할 수조차 없게 될 것이다.

[이대로 가다간… 아서님은…….]

크리스마저 절망에 가득 찬 목소리를 내었다.

각 마나 소드는 개인에 따라 그마다의 특성을 가지고 있었다.

그것은 크리스 시절에도 마찬가지였다.

누구의 검이다, 누구의 검이다 하는 것은 없었지만 분명 저런 형태의 마나 소드도 존재하고 있었다. 그것을 그들은 마나 소드의 단계로 분류했다.

강도를 극단적으로 올린 것은 마나 소드의 가장 첫 번째인 1단계. 그리고 개인의 특성에 따라 자신만의 모습으로 변모하는 것이 바로 제2단계였다.

그 2단계를 이룩했다는 것만으로도 강도를 극단적으로 올린 1단계와는 전혀 다른 유리한 위치에 오를 수 있는 것이다.

[아아아! 어쩌지!! 어쩌찌?!]

펠은 두 손으로 머리를 감싸쥐곤 사방을 뛰어다녔다.

[공방! 공방으로 가서! 뎀로스를 꺼내십시오!]

크리스가 다급하게 외쳤다.

[그래! 뎀로스라면! 상대의 마나 소드가 1단계든 2단계든 상관없어!!]

비안도 펠도 뎀로스란 희망에 화색을 되찾을 수 있었다.

"하아, 하아……!"

아서는 곧장 공방을 향해 뛰었다.

두꺼운 철문에 자물쇠가 채워져 있어 병사들은 열지 못했으나 아서는 단박에 마나 소드로 자물쇠를 잘라내었다.

"!!"

아서가 급히 고개를 숙이자 애쉬의 마나 소드가 그 위를 지나갔다.

스앙―!

마나 소드가 지나간 자리는 두꺼운 철문마저 두부 마냥 베어져 버렸다. 게다가 애쉬의 마나 소드는 아까보다 더욱 길어져 두 배 반 정도나 되는 거리로 늘어나 있었다. 이렇게 되면 아서가 그에게 다가가기도 전에 몸뚱이가 먼저 썰릴 판이었다.

쾅—!

어깨로 문을 부수듯 밀고 들어간 아서는 곧장 뛰어올라 벽에 걸려 있던 뎀로스를 낚아챘다.

[오오! 뎀로스!!]

어느새 달려온 세 영혼도 흥분해 외쳤다.

"아서 란펠지! 그 검은 뽑히지 않아!"

하지만 곧장 공방으로 뒤따라온 다급한 롱베르크의 외침이 막 희망을 품으려던 분위기에 찬물을 끼얹었다.

"내가 몇 번이나 시도했지만 그 검은 한 번도 뽑히지 않았다. 차라리 다른 검을 잡아라! 그건 지금 아무짝에도 쓸모가 없어!"

그러자 펠이 꽥 소리를 질렀다.

[그건 네 사정이고!]

[나이첼의 피를 이은 아서가 그의 검을 못 뽑을 리가 없지!]

비안 또한 롱베르크를 조롱하듯 입을 놀렸다.

[자, 아서님! 반격!]

마지막으로 흥분으로 가득 찬 크리스가 아서를 독려하며

고개를 돌린 순간, 그는 말문을 닫았다.

"하아, 하아……."

뎀로스를 들고 있는 아서는 극도로 지쳐 있었다.

온몸은 이미 만신창이. 과연 검을 뽑아 들고 다시 싸울 수 있을까 할 정도로 그는 처참한 몰골을 하고 있었다.

쉬익―!

갑작스레 공방 안으로 리온이 쏘아낸 화살이 날아들었다. 화살은 아서를 노리고 있었다.

[검을 뽑아!]

"…안 뽑혀."

[뭐?]

카앙―!!

화살이 아서의 미간을 꿰뚫기 직전 롱베르크가 가까스로 그것을 튕겨냈다. 하지만 그 또한 쥔 검을 놓치고 말았다.

그는 덜덜 떨리는 손을 부여잡고 신음을 흘렸다.

"하아, 하아……."

뎀로스를 쥔 아서의 팔은 부들부들 떨리고 있었다.

리온의 화살이 날아들 때부터 아서는 검을 뽑으려 했지만 뽑히지 않았다. 롱베르크가 화살을 막아주지 않았다면 자신은 그대로 목숨을 잃었을 것이다.

"하아……. 후우……. 흐읍!"

숨을 고르고 다시 한 번 힘을 줘보지만 뎀로스는 뽑히지 않왔다.

[뎀로스가… 뽑히지 않아…….]

펠이 망연자실한 표정으로 주저앉았다.

[어째서……. 뎀로스!!]

크리스는 소리쳤고 비안은 쓰게 웃으며 짧은 욕지거리를 내뱉었다.

[…시발.]

롱베르크가 다짜고짜 아서의 어깨를 부여잡고 그를 벽에 기대게 했다. 병사들은 물론 리온과 싸운 그 또한 몰골이 만신창이였다.

"검을 가지고 도망쳐라."

아서의 어깨를 부여잡은 그의 손이 떨리고 있었다.

"듣고 있나? 저 밑에 지하로 통하는 계단이 있다. 내가 시간을 벌 테니 너라도 빠져나가라."

[위험해!]

크리스의 외침이 터졌지만 롱베르크는 그것을 들을 수 없었다.

스앙—!

서늘한 기운이 공방을 가득 메웠다.

동시에…….

"컥……."

아서의 눈앞 가득 붉은 피가 흩날렸다.

그의 어깨를 흔들어대던 롱베르크는 천천히 자리에 주저 앉았다.

'세실?!'

두근—

그를 바라보던 아서의 심장이 뛰었다.

순간 아서의 귓가에 전장에서의 기억이 파도처럼 밀려들 어 오기 시작했다.

잊을 수 없는 그날.

잊을 수 없는 그 순간.

카앙—!

병기 부딪치는 소리와 비명 소리는 뒤섞여 귓가를 어지럽 혔고, 건물들은 불타며 하늘로 시꺼먼 연기를 뿜어 올렸다.

—브리오니아를 위하여!

—개 같은 왕국군 새끼들!

계속된 환청이 아서의 머릿속을 어지럽혔다.

[아서님, 정신차리십시오!]

[얌마! 정신차려! 아서 란펠지!!]

영혼들이 그를 불러보지만 아서의 시선은 쓰러진 롱베르 크에게 가 있었다.

—세실 네가 어째서 여기에……. 어째서, 어째서…….

—무사해서… 다행……. 그러니 살아서…….

이곳이 지금 롱베르크의 공방인지 브리오니아 왕성 안인

지, 지금 자신은 어느 시대의 누구인지 혼란스러워지기 시작
했다.

　스윽—

　어느새 공방으로 들어선 애쉬는 롱베르크 곁에 무릎꿇고
있는 아서를 내려다보았다.

　"아서 란펠지……. 운이 좋구나."

　'아서 란펠지……. 운이 좋구나. 아서 란펠지……. 운이 좋
구나.'

　차가운 애쉬의 목소리를 듣는 것과 동시에 아서는 간신히
붙잡고 있던 이성의 끈을 놓쳐 버렸다.

　"애쉬, 이 개자식!!"

　아서의 검이 허공에서 날카로운 바람 소리를 냈다.

　"!!"

　갑작스레 강한 바람을 일으키는 아서의 검은 애쉬를 물러
나게 만들었다. 한순간이지만 곧 쓰러질 듯 비틀거리던 이가
낼 수 있는 움직임이 아니었다.

　하나, 그것은 시작에 불과했다.

　피빗—!

　순간을 놓치지 않고 곧장 코앞까지 따라든 아서의 검이 애
쉬의 옆머릴 베며 지나쳤다.

　"하아!!"

　애쉬 또한 노성을 지르며 검을 내리쳤다.

콰앙—!!

커다란 폭팔음이 터지고 공방이 크게 흔들렸다.

길게 뻗은 아서의 검이 애쉬의 머리카락 한움큼을 잘라냄과 동시에 애쉬의 팔꿈치는 아서의 턱을 강타했다.

뻐억—

"크윽!"

턱을 강타당한 아서가 비틀거리는 순간을 놓치지 않은 애쉬의 검이 그의 가슴팍을 향해 내리꽂혔다.

"끝이다!!"

뜨드드드!!—!

그때였다!!

아서의 손에 들린 검이 요동치듯 울었다.

카앙—!

그리곤 날아드는 애쉬의 검을 단박에 쳐 올렸다.

날선 소리가 공방 가득 퍼졌다. 엄청난 울림에 바닥에 놓여 있던 수많은 검들 또한 울었다.

놀란 애쉬가 저도 모르게 외쳤다.

"쳐냈어?!"

그라프닐의 검이 막혔다. 그것도 단순히 쳐낸 정도가 아니었다. 찌릿한 손목을 통증을 느끼며 뒤로 물러선 애쉬의 눈동자는 두 배로 커져 있었다.

쩌적—

자신의 검에 한눈에 보아도 선명한 균열이 가 있던 것이다.

'말도 안 돼!! 그라프닐의 검을?!'

쉬리릭—!

"!!"

애쉬는 곧바로 자신을 향해 날아드는 아서의 검끝이 수십 개로 늘어난 착각을 느꼈다.

가까스로 공격을 피해 몸을 뒤로 물리는 것밖에 달리 방도가 없었다.

콰앙—!

아서의 손에 들린 뎀로스는 검집에서 빠져나오지도 않았다. 그야말로 뭉툭한 둔기와 같았지만 뎀로스는 공방 안을 전부 쓸어버릴 듯 미쳐 날뛰고 있었다.

검은 뽑히지도 않았는데 그것은 그 무엇보다 단단한 둔기가 되어 아서의 손에서 휘둘려지고 있었다.

"이게 무슨?!"

애쉬는 곧장 공방 밖으로 몸을 피했다.

당혹스러워하는 애쉬와 다르게 아서는 한층 더 강해진 어지러움에 금세라도 쓰러질 것 같았다.

숨은 더욱 가빠지고 시야는 점점 흐릿해졌다.

그럼에도 애쉬의 모습을 똑똑히 바라보기 위해 애써 이를 악물었다.

"너만은… 너만은 죽인다!"

아서와 눈을 마주한 애쉬는 흠칫하며 놀랐다.

자신을 바라보는 아서의 눈빛이 그 어느 때보다 매서웠기 때문이다. 그의 악다문 이에선 피가 새어나오고 있었다.

하지만 그것도 잠시…….

다리의 힘이 풀려버린 아서는 비틀거리며 애쉬 앞에 서지도 못하고 바닥에 무릎꿇었다.

그때였다.

쓰러지는 아서의 어깨를 애쉬가 우악스럽게 잡아챘다. 아서의 몸이 일으켜 세워짐과 동시에 애쉬의 주먹이 날아들었다

뻐억—!

"크억!"

아서는 바닥을 구르다 힘없이 쓰러졌다.

"지금 뭐하자는 거냐!"

되려 흥분한 애쉬가 소리쳤다.

자신의 검을 부러뜨린 주제에 이런 꼴사나운 모습으로 쓰러지겠다는 건가? 애쉬는 자신의 금간 검을 내동댕이쳐 버린 채 아서 몸 위로 올라탔다.

"일어서!!"

애쉬의 주먹이 들리는 순간.

아서는 기다렸다는 듯 애쉬의 턱을 향해 주먹을 내질렀다.

쉬악—!

애쉬는 그런 그의 공격을 예상한 듯 뛰어올라 주먹을 피했다.

"그래, 일어나라. 내가 널 죽일 이유가 한 가지 더 늘었으니 일어나 검을 들어!"

애쉬는 검을 다시 잡았다. 하지만 아서는 재빨리 일어나지 못했다.

방금 애쉬에게 날린 주먹이 온 힘을 쥐어짠 펀치였다.

아서는 비틀거리며 자리에서 일어났다.

"제기랄. 애쉬……."

바닥에 떨어져 있는 검이 두 개로 보였다. 검을 옆에다 두고 허공을 휘젓는 아서를 보며 애쉬가 거친 욕지거리를 내뱉었다.

"제기랄……."

"애쉬……."

애쉬의 곁에 있던 리온은 이런 그의 모습을 처음 보았다.

늘 오만하고 상대를 내리깔아 보던 그가 누군가와 겨루지 못해 안타까워하는 모습이라니……. 아마 트라이던트에 돌아가 이 일을 보고해도 아무도 그 말을 쉽사리 믿지 못할 것이었다.

그때 공방으로 통하는 길이 사람들의 북적임으로 가득 찼다.

"롱베르크의 공방에서 일이 터졌어!"

"어서 오라니까! 아까 병사들 한 무리가 올라가던데 일난 거 아냐?!"

대장장이 마을의 상인 수십 명이 범상치 않은 소리와 소문에 롱베르크의 공방으로 몰려든 것이다.

"뭐, 뭐야, 이건! 시체?!"

"시, 시체들이다! 어이—! 이곳을 샅샅이 뒤져봐!"

이내 입구부터 롱베르크가 만들어놓은 병사들의 시체를 발견한 그들의 목소리가 더욱 커졌다.

"롱베르크!! 거기 있나!!"

"어이! 롱베르크!! 아니! 살아 있는 사람 있으면 소리쳐 보시오!!"

"소년!!! 여기 있나! 소년!"

마을 사람들의 외침 중엔 아서를 찾는 멜크 영감의 우렁찬 목소리도 있었다. 점점 가까워지는 마을 사람들의 목소리에 리온이 애쉬에게 조심스레 다가섰다.

"애쉬. 물러서는 편이 좋을 듯하다."

"……."

"그들을 죽이는 덴 아무 문제가 없지만, 그렇게 된다면 트라이던트는 이목을 받게 될 거다."

"…그렇군."

리온의 설득에 애쉬는 못내 아쉬운 듯 아서를 내려다보다 등을 돌려 숲 쪽으로 걸음을 옮겼다.

“거기 서…….”

하지만 아서는 애쉬의 걸음을 붙잡았다. 간신히 일어선 아서의 떨리는 두 손엔 검신이 뽑히지 않는 뎀로스가 들려 있었다.

몸은 이미 만신창이.

일어서 있는 것이 신기할 모습이었다.

무엇이 그를 이렇게까지 일어서게 만드는지, 자신들에게 적대심을 갖게 하는지는 몰랐으나 한 가지 확실한 것은 있었다.

“…너는 살려두면 분명 후환이 될 남자로군.”

리온은 사병이 썼던 활과 화살을 집어들어 아서를 겨눴다.

뜨드득—

팽팽히 당긴 활시위가 아서를 향해 쏘아지려는 때에.

“그만.”

애쉬가 조용히 리온의 활대를 잡았다.

“내가 진 거다.”

“서 있는 쪽은 애쉬 너다.”

“검으로 진 거다. 다시 검으로 내가 그를 이길 때까지, 날 부끄럽게 만들지 마라.”

“……”

리온은 조용히 활을 거두었다.

“최대한 빠른 루트를 통해 이곳을 빠져나가겠다.”

리온이 빠른 걸음으로 숲으로 사라졌다. 그의 날렵한 몸놀림과 통찰력이라면 사람들의 눈에 띄지 않고 이곳을 쉽게 빠져나갈 것이다.

등 돌린 애쉬는 고개를 돌려 아서를 바라보았다.

"내 이름은 애쉬. 애쉬 록 하이어드다."

그리곤 그 또한 리온과 마찬가지로 숲 안으로 사라졌다.

"알고 있어, 애쉬… 록 하이어드……."

애쉬가 시야에서 사라지고 난 뒤에야 아서는 자리에 실 풀린 인형처럼 쓰러졌다.

긴장감에 앞으로 나서지 못하고 끙끙 앓기만 하던 세 영혼도 속박에서 풀려난 듯 아서를 향해 뛰어들었다. 무엇보다 그가 죽지 않고 살아 있다는 것에 감사했다.

[아서님, 괜찮으십니까?!]

[야, 넌 이게 괜찮아 보이냐? 야, 피 좀 그만 흘려! 더 이상 흘리면 위험해!]

"제기랄. 또… 또 지고 말았어……."

아서는 팔로 얼굴을 가렸다. 분함에 눈물이 왈칵 솟아오를 것만 같아 이를 악물었다.

[안 죽은 걸 다행으로 아십시오!!]

가장 먼저 달려온 크리스가 버럭 화를 냈다.

[또 다시 이런 미친 짓거리를 한다면 내가 널 패버릴 테다.]

비안 또한 단단히 화난 투였다.

[아아, 난 더 이상 이 벽창호한테 할 말 없다.]

펠은 또 다시 다리 쪽이 희미하게 사라져 가고 있었다.

"미안……. 다들 미안……."

그 뒤로도 세 영혼이 자신에게 뭐라고 하는 것 같은데 더 이상 들리지 않았다. 마을 사람들 또한 자신을 발견하고 뭐라 소리치는 것 같았지만 대체 무엇이 어떻게 돌아가는지 알 수 없었다.

"…! …!! ……!!!"

마지막으로 멜크 영감이 뭐라 웅얼대는 소리를 끝으로 아서는 그대로 정신을 잃었다.

*　　　*　　　*

아서가 다시 눈을 떴을 때. 그는 멜크 영감의 집으로 옮겨져 있었다. 작은 호롱불 하나가 아슬아슬하게 주변을 밝히고 있는 곳이었다.

"정신이 좀 들더냐?"

눈을 뜬 아서 곁으로 멜크 영감이 다가왔다.

그는 주름진 얼굴에 걱정을 가득 안고 아서를 내려다보고 있었다.

"대체 무슨 일이 있었던 거냐. 사방엔 시체 투성이고 너와 롱베르크도 쓰러져 있어 재빨리 데려오긴 했지만……. 설마 병사들을 네가 죽인 거냐?”

“롱베르크 씨는…….”

“의사 말로는 검을 맞는 순간 몸을 뺀 건지, 여튼 검이 조금만 더 깊게 들어갔다면 그 자리에서 목숨을 잃었을지도 모르지만 재빨리 조치를 취했으니 이젠 괜찮다더군. 물론 당분간 망치질은 말도 안 되는 소리겠지만.”

“휴…….”

아서는 다시 베개에 몸을 맡겼다.

“좀 더 쉬도록 해. 나는 잠시 밖 상황 좀 알아보고 올 테니까.”

멜크 영감이 자리에서 일어나는 듯싶다.

“아…….”

눈꺼풀이 안도한 마음 덕분인지 무겁게 감겼다. 그가 다시 눈을 떴을 땐 멜크 영감과 롱베르크가 자신을 내려다보고 있었다.

[어찌 검 맞은 놈보다 네가 더 중상인 것 같냐.]

펠의 핀잔에 아서는 몸을 일으켜 세웠다.

“제가 얼마나 여기 있었습니까?”

“한 열네 시간 정도 됐지? 몸이 좀 나아졌으면 우선 차려놓은 건 없지만 저것 좀 들고 있어. 난 롱베르크와 애기할 게 있으니까.”

멜크 영감이 가리킨 곳엔 말처럼 조촐하지만은 않은 식사가 놓여 있었다. 꽤 휴식을 취한 것 같은데도 몸의 나른함이 사라지지 않았다. 멜크 영감이 반대편 침상에 드러눕는 롱베르크와 몇 가지 이야기를 나누고 있을 때 세 영혼이 아서 곁에 앉았다.

[그래도 내 다리는 돌아왔으니 다행이지.]

펠은 그제야 새침하게 변해 있던 표정을 풀었다.

비안은 약간 굳은 표정을 풀지 않았지만 크리스는 안도의 한숨과 함께 그렁대는 눈으로 아서를 바라보았다. 아서는 살짝 식은 수프 위에 빵을 찍어 입에 넣었다.

[움직일 수 있으시겠습니까?]

크리스가 조심스레 물었다.

"아까보단 한결 나아……."

그 말에 펠이 코웃음을 쳤다.

[나이첼의 피를 이었으니 마나 회복 속도가 일반인들이랑은 다르겠지. 그릇만 작을 뿐 마나의 질은 일반인들과는 차원이 다를 테니까. 일반인 같았으면 버티지도 못했겠지만. 그 정도면 이미 죽어 다시는 깨어나지 못했을 거야.]

"쩝."

빵이 쉽사리 목구멍으로 넘어가지 않았다. 비안의 따가운 눈초리 때문이었다.

[너, 애쉬라는 녀석에게 덤벼들었을 때 엄청 꼴불견이었던 거 알지?]

“뭐, 그렇지…….”

아서는 부정하지 않았다.

생각해 보면 애쉬는 아마 영문도 모르고 달려드는 것에 당혹했을 것이다. 그만이 알고 있는 기억, 그만이 느끼는 분노, 그만이 가진 슬픔이었으니까.

[너의 감정이 나쁘다는 건 아니지만……. 그때 기적이 일어나지 않았으면 넌 이미 죽었어. 그리고 또다시 그를 만나 싸우게 된다면 넌 반드시 죽어.]

아서는 묵묵히 비안의 말을 듣고 있었다. 펠도 크리스도 아무 말하지 않았다. 그의 말이 전적으로 옳기 때문이다.

[자신을 돌이켜 보고 다신 이런 일 없으면 한다. 너는 너 혼자의 목숨이 아니라는 걸 알아줬으면 한다.]

“미안.”

[뭐, 알았으면 됐지. 앞으로 잘하면 되는 거다. 더 이상 우리들 걱정시키지 말고. 정말, 나이도 있는 놈이 애처럼 굴지 마.]

말투는 차가웠지만 분명 비안은 자신을 걱정해서 하는 말일 거였다.

‘감정 하나 주체하지 못하면서 무슨 왕권이냐, 아서 란펠지…….’

확실히 마을 사람들이 그 시간에 올라오지 않았다면 자신은 애쉬나 리온 둘 중 한 명에게 죽임당했을 것이다.

아서는 스스로를 자책했다.

자신이 죽었다면 계획했던 이상도, 꿈도, 세 영혼의 일도 모두가 물거품이 되는 것이다. 결국 이 꼴이 된 것은 자신만 기억하는 분노에 휩싸여 스스로를 놓아버린 꼴이 되었기 때문이었다.

"식사 다 했으면 이쪽에 와서 좀 앉아라."

식사를 마친 아서를 멜크 영감이 불렀다. 다행히 롱베르크는 그런 공격을 받은 사람치곤 상태가 괜찮아 보였다.

"고맙다. 네가 와주지 않았다면 난 죽었을 거다."

고개 숙여 감사해하는 그를 보며 아서는 머리를 긁적였다.

"되려 도움만 받아서인지 쑥스럽네요."

멜크 영감이 조심스레 얘기에 끼어들었다.

"롱베르크에게 대략적인 얘기는 들었다. 이곳의 영주인 웰백의 병사들이 와서 조사하겠다고 난리 피우는 바람에 너와 롱베르크를 이곳에 숨기는 수밖에 없었다. 다른 이들에겐 너에게 받은 금화에서 좀 떼서 입을 막아놨으니 걱정하지 말고."

"후우."

[생각보다 일이 커져 버렸네.]

펠이 작게 입맛을 다셨다.

아서 또한 쓰게 웃었다.

단순히 자신이 쓸 만한 검을 찾아 이곳에 온 것이었는데 일이 꼬인 것인지 방대해진 것인지 지금은 몸져 이곳에 누워 있다가 깨어났고, 병사들이 자신을 찾는 상황이라니…….

게다가 트라이던트의 애쉬와 리온은 자신의 얼굴과 이름까지도 알게 되어 사실상 그동안 조심해 왔던 적을 만들어 버린 것과 다름없었다. 그것도 가장 까다롭고 어려운 적을 말이다.

"이게 그 검인가?"

멜크는 아서가 누워 있던 침대 옆에 가지런히 놓여 있는 검을 들어 보였다.

"호, 좋은 검이로군……. 대단해. 날이 아주 잘 빠졌어."

이리저리 검을 빼어 살펴보는 멜크 뒤에서 웃음이 새어나왔다. 롱베르크였다.

"영감. 그건 내가 만든 검이야."

"으, 웅?"

롱베르크의 표정은 왠지 뿌듯해 보였다.

[근데 쟤는 영감한테도 반말하네?]

[야, 하프잖냐. 순수 나이로 따지면 영감보다도 훨씬 오래 살았을걸?]

펠과 비안이 자신에 대해 쑥덕거리는 것도 모른 채, 그는 그 검 옆에 있던 뎀로스를 가리켰다.

"쳐들어온 녀석들이 찾았던 검은 그거."

"뭐? 이 몽둥이?"

하긴, 그냥 보기엔 몽둥이로 보일 만도 했다. 멜크는 미심쩍어 하면서도 뎀로스를 들어 살펴보았다.

"그러고 보니 이거, 힐트가 검집에 비해 너무 화려하구만? 어? 뭐 이리 가벼워? 검날이 안에 있긴 한 거야?"

쉬잉— 쉬잉—

"어? 생각보다 날선 소리도 나고? 나 참, 이런 괴상한 건 내 60년 망치질 인생에 또 처음 보는구만."

허공에 몇 번 뎀로스를 휘둘러보는 멜크를 보며 크리스가 쩝 입맛을 다셨다. 아마 이곳의 그 누구보다 뎀로스를 잡고 싶어 미칠 지경인 사람은 크리스일 것이다.

"있어, 분명히. 단 한 번이었지만 스스로 뽑혀져 나온 적이 있다. 그것을 보고 난 넋이 나가 버렸지. 그리고 산에 차려놓은 공방에 틀어박히게 된 거고."

마치 그때를 회상하는 듯 롱베르크의 목소리는 꽤나 격양되어 있었다.

"마치 타오르는 불덩이를 보는 것 같았어. 뭐라 표현할 방법이 없어. 뭐랄까, 그냥 바라보는 것만으로도 베어지는 섬뜩함이 있는데 또 자꾸만 눈길이 가는, 그런 거랄까? 아마 검날의 무게가 느껴지지 않은 이유가 그것인 거 같은데."

"이유?"

멜크의 물음에 크리스와 롱베르크가 동시에 답했다.

[금속이 아니지.]

"검날은 금속의 느낌이 아니었어."

"흐읍! 흐리얏! 혁혁……. 이거 죽어도 안 빠지는구만."

멜크 영감은 계속해 뎀로스를 뽑아보려 했지만 꿈쩍도 하지 않았다.

"그렇게 해서 뽑혔으면 내가 진작에 뽑았지. 힐트를 희생하면서까지 검날을 보려 몇 번 정을 대고 망치로 쳐보기도 했는데 소용없었어."

[그, 그렇게까지…….]

아서가 돌아본 크리스의 표정은 사색이 되어 있었다. 롱베르크가 아서를 향해 입을 열었다.

"그나저나 너는 어째서 저 검을 알고 찾아온 것이지?"

"알고 찾아온 건 아닙니다. 우연치 않게 와서 알게 된 것이지요."

"알게 되었다라……."

"사실, 저 검의 주인과 친분이 있습니다."

"뭐?!"

"엉?!"

이번엔 멜크와 롱베르크가 놀라 되물었다. 특히나 롱베르크는 등짝에 커다란 상처를 입고 있으면서도 자리에서 벌떡 일어났다.

"주인을 알고 있다고? 그럼 그는 검을 뽑을 수 있는 건가? 그는 어디에 있지?!"

검의 주인은 바로 옆에 있었다.

하지만 이걸 말할 순 없다.

"개인적인 친분이 있는 건 사실입니다. 그래서 뎀로스를 알아본 것이기도 하고요."

"그런 거였나……. 내가 괜한 오해를 했었군."

롱베르크는 자신의 지레짐작으로 그의 말도 들어보지 않고 아서를 내쫓았던 것을 후회하는 눈치였다.

"그리고 아쉽게도 그는 검을 뽑을 수 없을 겁니다. 지금은 현세 사람이 아니거든요."

"그런가……. 아쉽게 됐군."

[저, 멀쩡히 여기 있습니다만…….]

한껏 우울한 얼굴로 크리스가 아서 앞에 얼굴을 들이밀었다. 그런 그를 펠이 잡아 끌었다.

[킥킥, 틀린 말은 아니네.]

"나 또한 이 검을 내가 찾은 건 아니야. 4년 전쯤 이 검을 집안 대대로 보관 중이었다는 사내에게서 여는 방법을 연구해 달라고 맡은 것이지."

"검을 보관 중이던 사람이요?"

"자신을 클라제비우츠라고 했네."

"클라제비우츠?"

롱베르크에게서 나온 이름에 아서가 놀라워했다. 클라제비우츠라면 분명 기사학교 시절 자신의 마나 소드의 이름을 알려준 사람이었다.

"아는 사람인가? 그는 검을 맡긴 뒤 한 번도 이곳에 들리지 않았어. 바쁜 모양인지 다른 생각이 있는 것인지."

"저도 잘 알지 못합니다. 단 한 번 우연치 않게 만난 적이 있었을 뿐이지요."

그러고 보니 그가 자신을 만났을 적에도 자신의 검 말고 또 다른 검을 천으로 둘둘 말아 등에 메고 있었던 것이 생각났다.

'그럼 그때도 뎀로스를 그는 가지고 다녔던 건가…….'

시기적으로 보면 몇 년 안에 그가 뎀로스를 찾아 다시 이곳으로 올 수 있다는 걸 알았지만 아서는 굳이 그걸 말하지 않았다.

지금 자신에겐 뎀로스가 필요했으니 말이다.

"뎀로스라는 그 검의 주인과 연락도 되지 않고 나 또한 공방에서 이런 일이 있었으니 더 이상 이곳에 머무르진 못하겠지. 그 검은 확실히 내가 가지고 있는 것보단 네가 가지고 있는 편이 더 안전할 것 같다."

"그렇다면……."

"아, 주인이 찾으러 올 때까지 네가 맡아줬으면 한다. 주인이 다시 달라고 한다면 그건 그때 가서 둘이 알아서 얘기하고."

아서에게, 그리고 세 영혼에게 있어선 확실히 감사하고 기뻔 말이었다.

"너에게 연락하려면 어찌해야 하지?"

"왕성에 프란츠라는 분이 계십니다."

그 말에 롱베르크가 아닌 멜츠가 놀라 끼어들었다.

"프란츠? 브리오니아의 검이라 불리는 그 프란츠 경 말인 가?"

"잘 아시는군요?"

의외라는 아서의 반응에 멜크 영감이 더 의외라는 표정으 로 아서와 롱베르크를 번갈아 쳐다봤다.

"허이구. 너도 모르는 거냐?"

롱베르크 또한 두 사람이 뭔 얘기를 하는지 아리송해하는 것 같았다.

"검을 쓰는 자 중에서 그의 대단함을 모르는 건 아마 너와 롱베르크뿐일 거다."

[뭐, 그 실력이라면 새삼스러울 것도 없지만 대단한 녀석이 었네.]

비안의 말에 크리스도 고개를 끄덕였다.

[프란츠 경은 됨됨이도 좋은 분이지요.]

[그러고 보니 프란츠를 따라간 에룩스는 어찌 지내나 몰라? 또 밤늦게까지 술 퍼마시고 늦장부리다 혼나는 거 아닌지 모 르겠다.]

펠이 세실과 더불어 맘에 들어하는 또 한 명이 바로 에룩스였다. 다음 번 프란츠에게 서신을 보낼 때는 에룩스의 안부도 물어야겠다고 아서는 생각했다.

"아, 그리고……."

"예?"

롱베르크는 입술을 열었다 닫았다를 반복하며 말하기를 꺼려하다 이내 결심이 선 듯 아서에게 말을 건넸다.

"멜크 영감과 얘기한 결과, 네가 부탁한 일을 영감과 같이 하기로 했다."

"정말입니까?"

아서의 얼굴에 화색이 피었다. 롱베르크 정도의 실력자가 일에 참여해 준다면 그야말로 더없이 든든할 것이었으니까. 멜크 영감도 껄껄 웃음을 터뜨렸다.

"나도 처음엔 의심했는데 이놈이 한다잖냐. 이런 똥고집에 성질 더러운 녀석이지만 네가 꽤 마음에 들었나 보다."

"시, 시꺼!"

살짝 돌린 고개, 뺨을 붉적이는 롱베르크를 보는 멜크 영감의 얼굴에 웃음이 더욱 짙어졌다. 그는 롱베르크의 다친 등짝을 내리쳤다.

"컥!"

"크하하! 나이는 똥꾸녕으로 처먹었나. 뭘 그런 걸로 부끄러워하고 그래."

"…아, 저……."

“…크, 크흠!”

덕분에 상처를 동여맨 롱베르크의 붕대가 다시 붉게 물든 것은 멜크 영감과 아서만의 비밀이었다. 그 뒤로 당분간 마을이 잠잠해질 나흘 정도를 아서는 본의 아니게 이곳에서 지내야 했다.

*   *   *

“이제 몸은 좀 괜찮아졌나?”

“예, 오히려 좀이 쑤시네요.”

[그렇지. 또 감정 주체 못하고 탈진할 때까지 검을 휘두르고 싶어 미치겠지.]

“…미안해. 미안하다고오.”

“응?”

“아, 아닙니다. 혼잣말이에요.”

비안은 나흘이 지난 지금에도 계속해서 그 일을 끄집어내 아서를 주눅들게 만들었다. 이번 기회에 아예 그가 그런 행동을 못하게 만들 셈인 거 같았다.

[야, 너무하잖냐. 왜, 화장실도 따라 들어가 얘기하지? 감정을 주체 못하고 탈진할 때까지 똥을!]

“……”

[……]

[…….]

[…미안, 내 개그 욕심이 과했지?]

멜크 영감을 따라 아서는 늦은 밤 마을을 나섰다.

지하실에서 밖으로 나온 아서는 한껏 기지개를 폈다.

롱베르크야 상처가 아서와는 다르니 몇 일 가지고는 밖으로 나올 수도 없는 상태였으나, 멜크 영감이 아서에게 받은 돈으로 꽤 쾌적하게 지하실을 바꿔놨으니 건강상 염려는 없을 것이다.

"이쪽 방향으로 보름? 정도만 가면 투르발 항구가 나올 거다. 말을 타면 좋겠지만 너무 눈에 띄니 중간에 구하는 게 좋을 거야."

"예, 그래야겠지요."

아서의 허리춤엔 롱베르크가 쓰던 검 중 하나가 매여 있었다. 게다가 등 뒤론 천으로 검집 부분을 싸맨 뎀로스도 있었다.

헤어질 입구 쯤에 다다르자 멜크가 먼저 아서에게 인사를 건넸다.

"앞으로의 일은 걱정말고. 무사히 다녀오시게나."

"멜크 영감님도 무리하지 마시고 다음에 뵐 때까지 건강하십시오."

"자네가 가는 길에 무운이 함께하길 빌겠네."

"감사합니다."

아서는 곧장 다음 목적지인 투르발 항구를 향해 걸음을 옮겼다.

[이런저런 일이 많았지만 뎀로스를 얻게 된 건 정말 큰 수확이다.]

비안이 말했다.

[다음 목적지는 그럼 트루발 항구인지요?]

"생각 외로 시간을 많이 할애해 버렸어. 말을 타고 가지 않으면 아슬아슬하겠는걸?"

시간이 지나 대장장이 마을이 보이지 않을 정도로 걸음을 뗐을 때 서서히 어둑했던 하늘이 새벽을 알리는 태양을 올려보냈다.

그리고 여행은 또다시 아서와 세 영혼들의 것이 되었다.

Chapter 22
600년 전의 생존자

　마을을 떠난 아서 일행은 꼬박 닷새를 달린 뒤에야 말을 살 수 있는 곳에 다다랐다. 거기다 워낙 장사가 안 되는 통이라 아서는 장사치에게 봉이었고, 그는 쓴 마음을 달래며 통상의 몇 배나 되는 값을 주고 말을 구입했다.

　그런데 겨우 구한 말마저도 허약한 놈이라 결국 아서는 나머지 이틀을 또다시 뛰어서야 투르발 항구에 도착할 수 있었다.

　[저기인가?]

　비안이 가리킨 손을 따라 비릿함을 머금은 바닷바람이 아서의 코끝을 간지럽혔다. 갈매기의 끼룩대는 소리가 하늘 전체에 퍼져 있는 듯하다.

"휴, 겨우 왔네. 다행히 일정에 차질은 없겠어."

아서는 투르발에 도착이 늦을까 노심초사하고 있었다. 그도 그럴 것이 자신이 넘어가야 하는 대륙에서의 귀족 모임이 이제는 정말 얼마 남지 않았기 때문이었다.

"쾌속선을 구해야겠는데?"

[뭐가 되었든 마을로 일단 내려가 보도록 하자.]

정렬되지 않은 알록달록한 수많은 지붕들은 이 항구의 모습을 잘 나타내고 있었다. 질서없이 여기저기 솟아 있는 건물들, 그리고 그 안에 생기는 나름의 규칙.

정신없어 보이긴 하지만 햇빛이 잘 드는 자리엔 광장과 탑도 존재하고 있었다.

[생각한 것과는 다르게 너무 썰렁한데?]

"그러게."

마을 입구에 거의 다 다다랐는데도 인적이 드문 것이 이상했다.

"흠, 원래는 이렇게까지 낙후된 곳은 아니었는데."

이 트루발 항구가 크게 번창하는 것은 물론 귀족 반란을 기점으로 해서지만 그 전에도 낙후되었거나 하진 않았다.

쉬이잉—

아무것도 거칠 것 없는 바람이 아서를 지나쳤다. 지금 모습은 마치 사람들이 떠나간 버려진 항구 생각이 들 정도로 스산했다.

탁—

아서는 한눈에 부두가 내려다보이는 언덕으로 올라섰다. 그리 높진 않았지만 지형적으로 이곳에서 내려다보면 부두를 한눈에 내려다볼 수 있었다.

태양 빛을 가리듯 이마에 손을 얹은 아서는 여러 배들이 즐비하게 서 있는 선착장을 보았다.

아니나 다를까, 높게 선 돛대들은 즐비했지만 닻이 펴져 있는 곳은 단 한 척도 없었다.

"출항 준비하는 배가 한 척도 없어?"

아서의 표정이 살짝 불안하게 변했다. 늘 북적이고 정신없어야 할 부두가 이렇게 한가로울 때는 단 한 가지 이유 때문이었다.

폭풍.

지금 아서의 일정에 폭풍 같은 것이 끼어들면 곤란하다. 끽해야 이삼 일 정도의 여유밖에 없을 텐데 폭풍을 만나 꼼짝없이 이곳에 발이 묶여 버리면 자신이 계획한 것들이 모두 물거품이 될 처지에 놓인다.

"이거 곤란하게 됐는데……."

게다가 지금 와서 다시 육로로 돌아간다는 건 더욱 말이 안 되었다.

[하지만 폭풍이 올 날씨가 아닌걸?]

펠의 말대로 항구는 바람도 좋고 하늘은 간간이 따스한 태양을 내리쬐어 주고 있었다. 아무리 태풍이 급작스레 온다지만 이런 좋은 날씨에까지 변덕을 부리진 않는다.

"내려가서 마을 사람들에게 물어봐야겠다."

아서는 즉시 인적이 뜸한 부두로 걸음을 옮겼다.

[멀쩡한 놈이 안 보이는구만.]

마을을 한 바퀴 둘러본 비안이 혀를 찼다.

대부분이 술에 곯아떨어져 대답조차 귀찮아하는 사람들뿐이었다. 간간이 멀쩡해 보이는 사람이 지나가긴 하지만 말을 걸어도 쌩하게 지나가거나 할 뿐이었다.

[그냥 아무 놈이나 붙잡고 협박하는 게 빠르겠네.]

"뭐, 이럴 땐 나름의 방법이 있으니까 기다려 봐."

아서의 눈에 아직 정신을 놓지 않고 술병을 들이키는 사내가 들어왔다.

아서는 그에게 급히 다가갔다.

[뭐하게?]

"물어봐야지."

대체 얼마 동안이나 이런 생활을 했는지 그는 얼마 다가서지도 않았는데 남루한 옷가지에서 나는 쉰내가 아서의 정신을 번쩍 들게 만들었다.

사람이 다가오는 기척을 느꼈는지 사내가 몸을 돌렸다.

"넌 뭐냐?"

"배를 이용하려는 이용객이겠지요?"

아서는 최대한 상냥한 표정으로 그에게 물었다.

"배는 출항하지 않습니까? 어째 입항하거나 출항하는 배가 하나도 안 보이네요."

사내는 아서를 물끄러미 바라보다 술병을 들이켰다. 한 번에 병 안에 있던 그 많은 양이 사내 뱃속으로 들어갔다.

"크아~!"

그는 입을 떼곤 아서를 물끄러미 바라봤다. 그리곤 아래위로 그를 훑어보더니 킥 하고 웃었다. 옷이 남루한 것치곤 그의 이빨은 꽤나 깨끗했다.

사내가 보인 웃음의 의미가 무엇 때문인지 아서는 너무나도 잘 알고 있었다.

"부탁 좀 드립니다."

그는 동전 두 닢을 꺼내 사내에게 건넸다. 사내는 동전을 받아들자 흡족한 표정으로 또 한 번 미소 지었다.

"배를 타고 싶으면 이 앞에서 꺾으면 보이는 '인어의 노래' 주점으로 가. 그곳이 뱃놈들 단골집이니까."

짧고 성의없는 대답 후에 사내는 또다시 자리에 누웠다. 아서에게 받은 그 돈은 내일의 술을 사기 위한 자금이 될 것이다.

아서는 곧장 사내 말대로 건너편 모퉁이에 있다는 '인어의 노래' 주점을 찾았다.

꽤나 후미진 곳에 자리하고 있는 데다 간판도 길거리에선 알아볼 수 없는 문에 붓으로 휘갈겨 써져 있을 뿐이다.

게다가 주점 특유의 왁자지껄함이 새어나오지 않아 찾는

데 애를 좀 먹었다.

끼익—

나무문 삐걱이는 소리와 함께 아서가 안으로 들어서자 주점 안에 있던 모두의 시선이 그에게 향했다.

주점 안은 지독한 술내가 가득했다. 하지만 그 안의 누구도 기분 좋게 술잔을 들이부으며 노래하고 있지 않았다.

조용한 침묵.

바다 사나이는 늘 시끌벅적하게 마련이었는데 마치 초상집에 들어온 듯 분위기는 싸하고, 들어선 아서를 배척하는 분위기를 풍겼다.

아서가 조용히 테이블에 앉자 덩치있는 가게 주인이 그의 앞에 섰다.

"주문은?"

딱딱한 그에 말에 아서는 이번에도 최대한 상냥한 표정으로 답했다.

"이 가게에서 가장 맛있는 맥주를 마셔볼까요?"

하지만 돌아온 대답은 딱딱하기 그지없었다.

"그딴 건 여기 없다."

"그럼 무엇이 있습니까."

아서의 물음에 뒤편에 자리한 한 남자가 소리쳤다.

"뱃사람이 아닌 사람에게 팔 건 없단 뜻이야, 이 꼬맹아!"

"아하, 이런 분위기로군요."

살짝 입꼬리를 올려 웃은 아서는 테이블에서 일어나 그 위로 올라섰다. 그리곤 자신을 바라보는 가게 주인과 뱃사람들을 쭈욱 훑어봤다.

선원들의 얼굴은 대부분이 풍파를 많이 겪어서인지 좋은 인상은 아니었다.

[뭘 어쩌려는 거지?]

펠이 그의 행동이 의아한 듯 고개를 갸웃댔다. 반면 크리스는 구석에 편하게 앉아 있었다.

[그는 이런 상황에 익숙한 것 같은데 가만 놔둬 보지요. 다툼이 일어난다 해도 리온이나 애쉬 같은 이가 여기 있는 것도 아니니 말입니다.]

그 말에 비안이 화내듯 버럭댔다.

[인마! 있으면 안 들어왔지.]

[하하, 그것도 그렇네요.]

한동안은 애쉬와 리온이 그들에게 있어 가장 골치 아픈 존재로 기억될 것이다.

아서는 사람들 사이에서 큰소리로 외쳤다.

"간단명료하게 본론만 꺼내겠습니다. 건너편에 있는 트리시스 시까지 항해를 할 뱃사람을 구하고 있습니다. 가격은 통상 시의 두 배를 드리겠습니다!"

아서는 그리 외치고 다시 테이블 아래로 내려섰다.

이제 항해를 자원하는 뱃사람들을 모아 바다로 나가면 될

것이란 생각을 안고 말이다. 하지만 그 누구도 아서 앞에 서
지 않았다.

‘이상하다. 왜 아무도…….’

"아니? 이 도련님은 어디서 오셨길래 이리 당당하실까?!"

때마침 아서에게 윽박질렀던 그 사내가 조롱하듯 또다시
입을 놀렸다. 아서는 사내의 한마디에 미간을 찌푸리곤 자리
에서 일어났다.

"뱃삯은 세 배를 주겠소! 그래도 갈 사람이 없습니까?"

하지만 이번에도 모두가 침묵했다.

[으잉? 진짜 태풍이 오는 거야, 뭐야?]

[글쎄요……. 세 배면 원래 구름같이 몰려들어야 정상일 텐
데.]

영혼들처럼 아서 또한 이 웃기는 상황이 당혹스러웠다.

"태풍 때문입니까?"

아서가 묻자 여기저기서 그를 비웃는 웃음소리가 터져 나
왔다.

"킥킥, 들었어? 태풍 때문이냐는데?"

"지금 우릴 뭘로 보고 태풍 운운이야?"

"차라리 태풍이면 백 번이고 출항하겠다!"

태풍도 아니라니, 그럼 대체 무엇 때문인가. 브리오니아 해
역이라 적국이 봉쇄를 하거나 하는 일도 없을 텐데 말이다.

"네 배. 네 배를 주면 내가 가도록 하지."

때마침 묵직한 목소리가 가게 구석에서 나왔다. 술집 모두의 시선이 그 남자에게 향했다. 그들 모두가 사내를 보면서 무슨 생각을 했을지 아서도 알 것만 같았다.

생각한 말을 숨김없이 잘 뱉기로 유명한 펠님은 이번에도 어김없이 느낀 바를 그대로 내뱉으셨다.

[드디어 술주정뱅이 하나 나오셨구만.]

목소리를 낸 사내는 자리에서 일어나 아서 앞에 섰다.

"단 조건이 있다."

꽤나 탄탄해 보이는 몸, 다듬지 않아 거칠게 길어 있는 노란 머리를 하나로 묶어 내린 사내. 그 역시 다른 이들처럼 얼굴에 상처 한두 개쯤은 훈장처럼 달고 있었다.

"나에게 배를 다오."

아서는 저도 모르게 헛바람을 뱉었다.

[뭐? 네 배 삯도 모자라서 배까지 사 달라고? 저거 미친 거 아냐?]

흥분한 펠이 길길이 날뛰었다. 하지만 이어진 사내의 이야기에 그는 조용히 자리에 앉아야만 했다.

"저 녀석들이 바다에 안 나가는 이유를 내가 설명해 주지. 지금 바다에는 태풍도 무역 봉쇄도 안 걸려 있다. 되려 해군에서도 손을 놔버리고 쉬쉬하고 있는 상황이지. 지금 바다엔 괴물이 출몰하고 있다."

사내의 말이 떨어지기 무섭게 세 영혼이 자리에서 벌떡 일어섰다.

　[크라켄!!]

　[크라켄이다!]

　[혹시 그 대빵 큰 오징어?!]

　아서는 세 영혼이 무슨 얘기를 하는지 모르겠다는 표정으로 그들을 돌아보았다. 물론 사내를 비롯한 술집의 모든 이들은 그들의 말을 들을 수도 없었다.

　"괴물이라고 하지만 그 누구도 실체를 본 적은 없어. 다만 출항했던 녀석 중 단 한 명도 다시 이곳으로 돌아온 녀석은 없었다."

　사내의 말이 끝나자 꼬리를 물듯 다른 이들도 목소리를 높혔다.

　"인어라니까! 인어에게 홀린 거야!"

　"아니야! 분명 커다란 소용돌이에 휩싸인 거라니까?!"

　"바다에 괴물이 있다고!! 우리라고 뭐 여기 좋아서 있는 줄 아나?!"

　처음엔 농담조로 하는 이야기인지 알았는데 표정을 보아하니 절대 그런 것 같지는 않았다.

　"바다엔 거대한 괴물이 살고 있다고! 벌써 몇 척이나 격침당했는지도 모른다고!"

　"헛소리 마!! 네가 직접 봤어?"

　"그, 그런 건 아니지만 분명하다고!"

이내 작은 다툼까지 일어날 정도로 상태가 고조되었다. 그런 뱃사람들을 바라보던 사내는 다시 고개를 돌려 아서를 내려다보았다.

"들은 대로 상황은 제각각이다. 그럼에도 너는 바다로 나갈 생각이냐? 만약 앞서 말한 내 조건을 들어준다면 선원은 책임지고 내가 모아보도록 하지."

사내의 제안에 아서는 잠시 고민하는 듯했지만 이내 고개를 끄덕였다.

"지금 상황으로 보아 별다른 수가 없겠군요. 그럼 선원을 모아주세요. 배 또한 그쪽… 뭐라고 불러야 하지요?"

"캡틴 웨슬리다."

"그래요, 웨슬리. 앞서 말한 당신의 조건을 들어주겠습니다. 선원을 모아주세요. 그리고 배는……."

그렇게 말하며 세 영혼을 돌아보자 비안이 알았다는 듯 엄지손가락을 치켜들었다.

[배는 가장 크고 좋은 놈으로 사는 거다.]

"배는 가장 큰 녀석으로 준비해 주세요."

"선금 100골드다."

웨슬리는 조용히 아서에게 손을 내밀었다. 100골드라니 터무니없는 가격이었다. 하지만 이어진 그의 말은 더하면 더했지 절대 못하지 않았다.

"그리고 선박 구입에 드는 돈은 200골드 추가다."

[와, 이 자식! 완전 날강도잖아?!]

[300골드라니, 군함도 300골드까지는 안 합니다.]

펠은 물론이요, 크리스까지 가격에 질려 버린 얼굴이었다. 비안은 치켜들었던 엄지를 어느샌가 스스로 접었다.

[야, 어떡할 거야?]

"총 300골드로군요."

"그렇다. 이 돈이 없으면 출항을 할 수 없다. 우리도 목숨을 걸고 가는 것이니 이 정도는 필요하지. 어때, 이래도 바다로 나가겠는가?"

300골드라니. 애초에 개인이 가지고 다닐 만한 액수가 아니었다. 그곳의 모두는 웨슬리가 저 물정 모르는 소년에게 한 방 먹였다고 생각했다.

하지만 그들은 착각하고 있었다.

"좋습니다. 300골드, 거기에 추가로 트리시스에 예정보다 빨리 도착하면 100골드를 더 얹어주겠습니다."

"……!!"

아서의 거침없는 대답에 그를 바라보는 웨슬리의 두 눈이 커졌다. 그것은 주점 안에 있는 뱃사람 모두에게도 해당되는 것이었다.

"무어어?!"

"미친 거 아냐?! 그 돈이 얼만데?!"

"저놈 괜히 허세부리는 거 아냐?!"

촤르륵—!

그들의 말이 끝나기 무섭게 아서의 테이블 위로 금화가 쏟아져 내렸다.

"커, 커헉!"

"이, 이게 다……."

족히 잡아도 100개는 훌쩍 넘는 금화가 번쩍임을 과시하듯 주머니에서 쏟아져 나왔다. 아서는 금화가 전부 빠져나간 빈 주머니를 웨슬리에게 건넸다.

"캡틴 웨슬리. 우선 선금 100골드를 가지고 가십시오."

아서의 도발이었다.

모두가 보는 앞에서 100골드가 넘는 돈을 테이블 위에 뿌리다니! 순식간에 수많은 사람들이 그 앞으로 모여들었다.

"지, 진짜냐, 이거?'

"나, 이렇게 많은 돈 처음 본다."

번쩍이는 금화를 바라보는 이들의 눈은 번뜩였다.

"……."

웨슬리는 천천히 금화를 잡아 주머니에 넣기 시작했다.

꿀꺽—

저도 모르게 목젖 위로 마른침이 넘어갔다.

[아서님이 기선을 잡으셨군요.]

[와, 정말 볼 때마다 느끼지만 무서운 놈…….]

[하하.]

금화를 주워 담는 웨슬리의 손끝은 살짝 떨리고 있었다.

아무리 이런저런 일을 다 겪어본 뱃사람이라지만 이런 큰 돈을 눈앞에서, 그리고 이렇게 많은 사람들 앞에서 주워 담기는 처음이었다.

딸랑—

금화 100개를 딱 세어 주머니에 넣었을 때 아서가 그를 불렀다.

"캡틴."

"예?"

웨슬리는 저도 모르게 자신보다 한참은 어린 소년에게 존칭을 붙였다. 아차 싶었지만 이미 자신은 기세에서 저 소년에게 눌린 것을 인정하기로 했다.

"나 역시 조건이 있습니다."

"말씀하십시오, 선주님."

그를 인정하기로 한 이상 웨슬리는 아서에게 깎듯이 고개 숙여 예를 차렸다.

"돈은 이보다 훨씬 더 많이 있습니다."

꿀꺽—

훨씬 더 라는 소리에 그들을 지켜보는 뱃사람들 사이에서 또 한 번 마른침 넘어가는 소리가 들렸다.

"무사히 항해를 마치고 이곳에 돌아오면 제가 준 100골드로 조합을 만드십시오."

"조합?"

"조합이라고? 이 다 망해가는 항구에?"

뱃사람들은 도대체 눈앞의 소년이 뭔 소리를 하는 것인지, 그리고 어떤 자신감으로 이런 말도 안 되는 소리를 하는지 믿기지가 않았다.

"조합과 선주들의 권리는 나에게로 돌려놓으십시오. 대신 어획량의 일부를 가져가는 일은 하지 않겠습니다. 다만 다른 세력이 이 항구에 들어올 때 절대 흔들리지 말고 굳건히 자리를 지키십시오."

이건 자신들을 위해 그가 돈을 퍼주겠다는 소리와 마찬가지였다. 소득을 일정량 받아 가는 것도 아니고 그저 자기들끼리 똘똘 뭉치라는 조건 하나라니.

"이, 이봐. 너 지금 무슨 소리하는지 알고 있어?"

뒤에서 아서를 향해 윽박지르던 사내도 어느새 그의 앞에 서서 두 눈을 꿈뻑이고 있었다.

"알고 있습니다. 단, 조합이 다른 이에게 자리를 내어준다거나 어느 한쪽으로 기울 시에, 제 허락 없이 계약을 체결한다면 즉시 제게 있는 조합장의 권한으로 여러분의 배를 전부 빼앗겠습니다."

복잡하게 말했지만 결론은 이 소리였다.

공짜로 배를 만들고 조업을 할 수 있는 돈을 지원하겠다. 어획량을 가져가지도 않는 자유로운 활동을 약속한다. 단, 항구의 사람이 아닌 다른 세력이 간섭하여 자리를 내어주거나 손을 잡는 걸 불허한다. 어길 시에는 전 배를 몰수하겠다는 것이다.

　뱃사람들로서는 전혀 손해볼 것도 없고 오히려 마른하늘의 날벼락만큼 충격적인 일이었다. 물론 의미는 반대였지만 말이다.

　"캡틴 웨슬리. 아시겠습니까?"

　"예, 선주님."

　"하지만 이 모든 것은 제가 트리시스에 무사히 도착했을 때의 이야기입니다."

　아서는 자신을 둘러싼 나머지 뱃사람들을 훑어보았다.

　"이곳엔 가족이 있는 자도, 연인이 있는 자도, 친구가 있는 자도 있을 것입니다. 그들을 위해 이리 다가온 기회를 놓치는 분이 없길 바랍니다. 생각이 있으신 분은 이제부터 캡틴 웨슬리에게 말씀하시길 바랍니다."

　짧은 연설을 마친 아서는 조용히 자리에서 일어났다.

　아서는 웨슬리에게 물었다.

　"근처에 묵을 만한 숙소가 있습니까?"

　"예, 가장 깨끗하고 좋은 곳이 있습니다. 제가 안내하도록 하지요."

　웨슬리는 자신이 먼저 앞장서 주점문을 열었다.

　"아참!"

아서는 그를 따라 가게를 나서다 뭔가 생각난 듯 뒤돌아 가게 주인을 바라보았다. 주인은 이 짧은 시간에 꿈과 현실을 애매하게 만들어버린 아서를 멍하니 보고 있었다.

"다음엔 이곳에서 저도 시원한 맥주를 마실 수 있으면 좋겠군요."

시원한 웃음을 지어 보이고 아서는 주점을 나섰다. 곧이어 주점 안이 터질 듯한 환호로 가득 찬 건 두말할 것도 없었다.

"그럼 편히 쉬십시오. 내일 오후에 다시 이곳으로 찾아뵈러 오겠습니다."

"수고해 주십시오."

웨슬리는 항구에서 가장 고급스럽고 깨끗한 숙소로 아서를 안내했다. 그의 귀띔이 있어서인지 숙소의 주인은 두 발 벗고 아서를 맞이하러 나와 있었다.

숙소에 들어선 아서는 곧장 몇 가지 요리를 시켜 먹고 그동안 여행으로 노곤해진 피로를 풀기 위해 마련된 커다란 탕 안에 몸을 뉘었다.

퐁당—

물방울 튀는 소리가 뿌연 수중기와 어우러져 노곤함을 풀어주는 듯했다. 아서는 눈을 감고 크게 숨을 들이마셨다.

그리곤 어느새 다들 옷을 탈의하고 탕으로 들어온 세 영혼을 바라보았다.

"크라켄이라고 했지?"

[그래, 바다에 사는 거대한 오징어다.]

[오징어 맞았구나.]

아서의 짐작으론 이 세 영혼은 바다에 사는 괴물의 정체를 알고 있는 것 같았다.

[몇 번? 바다에 나갈 때마다였나? 우리 시대에는 그리 어렵지 않게 만날 수 있는 녀석이었다. 꽤나 골치 아프기도 했고.]

비안의 이야기에 펠이 부연설명을 달았다.

[뭐, 게다가 배를 가라앉힐 정도의 괴물이라면 그 오징어 정도밖에 없으니까.]

아서는 몸을 더욱 깊숙이 뜨거운 탕 안에 담갔다.

"후우. 알다시피 일정에 차질이 생겨 바다를 무조건 건너야 해. 빠르면 더욱 좋고."

[솔직히 말하면 크라켄은 안 만나는 편이 좋아.]

[그래, 좀 여러 의미로 질기기도 하고, 귀찮거든.]

역시 이 강하디강한 세 명에겐 항구가 폐쇄될지도 모를 중대한 사건을 만들어낸 녀석이라 해도 그저 귀찮은 생물 중 하나였던 것 같다.

"그래도 너희가 이렇게 무사히 있는 걸 보면 그 괴물을 물리치거나 쫓아내거나, 그것도 아니면 피하는 방법이 있다는 소리겠지?"

[하, 예리하네.]

[너, 갈수록 점점 너구리 같아지는 거 아냐?]

세 영혼마저 혀를 내두르는 아서의 대단한 통찰력이었다.

"그럼 오늘은 좀 여독을 풀고 내일 얘기하도록 하자고."

부르르―

말을 마친 아서는 이내 탕 안으로 잠수해 들어갔다.

다음날.

웨슬리가 데려온 선원들은 익숙한 얼굴들이 대부분이었다. 특히 가장 앞장서 선원들을 관리하고 있는 저 휴톤이란 자는 주점에서 아서에게 계속해 야유를 날렸던 사내였다.

"선주님, 어디 불편하신 곳 없게 최선을 다해 모시겠습니다!"

"잘 부탁드립니다."

물론 이제는 아서에게 예우가 가장 깍듯한 사람 중 하나가 되었지만 말이다.

"선주님. 말씀하신 배를 공수해 두었습니다. 항에서 가장 크고 정교한 배입니다. 최상급 군함 못지않은 녀석입니다."

"가격은 그대로겠지요?"

아서의 장난기 섞인 물음에 웨슬리는 급히 고개 숙였다. 그는 곧장 주머니에서 배를 사고 남은 돈을 꺼내 아서 앞에 내밀었다.

"…죄송합니다. 필요한 돈 이상의 가격을 부른 것은 선주님을 시험하려는 마음보다 놀리려는 마음이 더 컸던 것이 사실입니다. 하지만 선주님의 그릇을 본 이상 저의 경솔함을 깨달았습니다.”

아서는 대략 배의 가격을 알고 있었다. 자신이 숱하게 겪은 전투가 얼만데 배 한 척의 가격을 모르겠는가.

아서는 웨슬리가 내민 주머니를 그에게 도로 넘겼다.

“괜찮습니다. 남은 돈은 또 쓸 곳이 있습니다.”

“쓸 곳 말입니까? 이미 식자재들도 전부 구비하고 남은 돈인데…….”

“그 돈으로 쾌속정 한 척을 준비해 주셨으면 합니다.”

“쾌속정을요?”

“예, 구입한 배의 사분지일이 안 되는 크기로 말입니다. 선원은 태우되 언제든 본선으로 움직일 수 있도록 조치를 취해 주시고요.”

“예, 알겠습니다.”

“아, 그리고 식료품 중에 생선 머리들은 따로 모아서 쾌속선에 놔두셨으면 합니다.”

“생선 머리 말입니까?”

“예, 많을수록 좋습니다. 한두 상자가 아닌 최대한 많이!”

“아, 네. 최대한 구해보겠습니다.”

아서의 말에 그는 잠시 갸웃거렸지만 이내 고개를 끄덕였다. 그러나 그걸로 끝이 아니었다.

“아, 그리고 램프를 엄청 많이 구해놓으세요 배가 빛나는 것처럼 보일 만큼.”

"램프도 말씀이십니까?"

"예, 이것 또한 많이 필요합니다. 저 멀리서도 배가 한눈에 눈에 뜨일 만큼 말이죠."

"아, 알겠습니다. 배가 눈부시게 빛나도록."

자신이 모시기로 한 선주다. 게다가 나이에 맞지 않은 총명함까지 갖춘 귀재다. 그런 그가 하는 일이니 반드시 이유가 있을 것이라 웨슬리는 생각했다.

게다가 앞서 말한 물품들을 배가 터지게 구입해 봐야 금화 서너 개 정도면 충분했다.

"출항은 언제쯤이 좋겠습니까?"

"내일 새벽이 좋을 듯합니다."

"잘됐군요."

때마침 아서의 눈치를 보던 웨슬리가 조심스레 물었다.

"그런데 말입니다, 선주님."

"예?"

"혹, 선주님은 바다에 나가보신 경험이 있으십니까? 그리 큰 배를 주저없이 선택하신다는 건… 그러니까… 그 나이가……."

말끝을 흐리는 그를 보며 아서는 웃었다.

그가 무슨 말을 하려는지 단박에 눈치챈 것이다.

"하하, 괜찮습니다. 제가 어린 것은 사실이니까요, 주변에서 그러더군요. 바다에서 일을 당한 사람들이 어째서 그리 큰 배에 목을 매는지 겪어볼 필요는 없다고."

자신이 이미 숱한 전투에서 배를 수 없이 타봤다는 소리를
한다면 그가 얼마나 놀랄지 궁금했지만 그런 얘기를 굳이 꺼
낼 필요는 없었다.
"그럼 저는 캡틴만 믿고 항구를 좀 둘러보겠습니다."
"예, 필요한 것이 있으면 언제든 말씀하십시오!"
웨슬리는 들어올 때보다 한결 가벼워진 발걸음으로 숙소
를 떠났다. 아서 또한 그를 보내고 숙소에서 나와 항구를 둘
러보기로 했다.
허리춤엔 롱베르크의 검을, 그리고 등에는 뎀로스를 메고
다니는 미소년의 모습을 한 아서는 사람들의 이목을 끌기 충
분했다.

분주한 오후가 시작되고 있었다.
그래도 사람사는 곳이라 그런지, 시장통엔 어느 정도 사람
도 있었고 장사치들도 가판대에 물건을 올려놓고 손님몰이에
열중이었다.
[어제 얘기한 크라켄 대비책으로 고속함을 택한 거야?]
펠이 물었다.
"아무래도 처치하기 곤란하면 멀리 떨어뜨리는 게 좋을 테
니까 고속함이 낫겠지."
어제 세 사람이 세운 계획은 이랬다.
크라켄과 바다에서 싸우는 일은 꽤나 힘들고 귀찮은 일이

다. 물론 세 영혼이 현세에 있었다면 크라켄을 잡는 것쯤이야 누워서 떡 먹기보다 쉬웠을 테지만.

하나 결국 그들은 지금 영혼일 뿐이고 크라켄과 싸워본 경험 없는 아서가 위험을 무릅쓰면서까지 녀석을 잡을 필요는 없다.

결국 그들이 선택한 것은 크라켄을 유인해 그의 활동 영역을 옮기는 것이었다. 그러기 위해 준비한 것이 생선 대가리와 램프였다.

크라켄은 일반 오징어와 달라서 플라크톤 따위를 먹지 않는다. 인간이면 인간, 생선이면 생선. 잡식에다가 과도한 폭식을 즐겼다.

그리고 무엇보다 빛을 보면 모이는 성격을 갖고 있었다.

배들이 돌아오지 않았다고 여겨지는 장소는 어둠이 깔린 망망대해 중심이었다. 그런 그곳에서 불을 밝히고 있었을 테니 당연히 크라켄의 표적이 되었을 것이다.

[그런데 아까 생선 대가리 묶을 로프는 준비 안 하는 거 같던데?]

"아, 그걸 잊었네. 좀 있다 맥주 한 잔 주인한테 얻어 마실 겸 가서 얘기해야겠어."

그러고 보니 트루발 항구의 맥주는 그 진한 맛으로 일품이란 소리를 듣고 있었다.

출항하기 전에 한 번쯤은 꼭 맛보고 가야 한다고 생각한 아서는 그대로 발걸음을 돌려 인어의 노래 술집을 향했다.

[야야, 대낮부터 맥주냐?]

펠의 핀잔에 아서가 웃었다.

"맥주가 무슨 술이라고 그런 소릴 하시나~"

[…….]

[…….]

"응? 갑자기 왜 그래?"

기분 좋은 발걸음으로 주점으로 향하는 모퉁이를 막 돌았을 때쯤이었을까? 아서는 눈앞에 익숙한 모습의 사내가 서 있음을 발견했다.

"어……?"

백옥 같은 피부에 머리색마저 새하얀 사내는 얼핏 보기엔 사람이라고 느낄 수 없는 신비한 매력을 내보이고 있었다.

모퉁이를 막 돌아서였는지 사내는 아직 아서를 발견하지 못한 듯했다. 아서의 걸음이 천천히 멈춰 사내와 얼마 남지 않은 거리를 유지했을 때,

[그만.]

극도로 긴장한 비안의 목소리가 아서의 귓가에 들려왔다.

[아서. 당장 뎀로스를 숨겨라.]

"…?"

갑작스레 낮게 목소리를 내리까는 그에게 아서가 입을 열려는 찰나. 이번엔 크리스가 그의 말을 가로챘다.

[말하지 마십시오. 절대 저 사내와 눈 마주하지 말고. 최대

한 이목을 끌지 않도록 행동하십시오.]

갑작스러운 상황이었지만 아서는 그들의 말대로 뎀로스를 허리 뒤쪽으로 숨겼다.

[그렇지. 천천히, 천천히 돌아.]

그리고 최대한 하얀 머리의 사내가 자신에게 시선을 주기 전에 멈춰 있던 걸음을 자연스레 이어갔다.

[집중해. 절대, 절대로 뎀로스 들고 놈에게 가까이 다가가지 마.]

[만약 저 녀석이 뎀로스를 눈치채면 곧바로 이 항구에서 도망쳐.]

세 영혼의 날선 긴장감은 아서에게도 고스란히 전해졌다. 걸어왔던 모퉁이를 되돌아 하얀 머리 사내에게 아서의 모습이 보이지 않을 때가 되어서야 세 영혼은 땅이 꺼질 듯한 깊은 안도의 한숨을 내쉬었다.

[후우. 심장이 멎는 줄 알았네.]

[어떻게 녀석이 여기에 있는 거야.]

[하필이면 뎀로스를 들고 있는데 만나다니.]

"도대체 누군데 이러는 거야? 아는 사람?"

그들의 행동거지로 봤을 때 저 하얀 머리의 사내는 절대 만나거나 엮이면 안 되는 인물인 듯싶었다.

[그는 나이첼의 동생이다.]

"뭐?!"

놀란 아서가 잠시 걸음을 멈추자 비안이 신경질에 가까운 재촉을 했다. 서둘러 사람들이 많은 골목까지 나온 아서가 재차 묻자 크리스가 설명했다.

[그는 나이첼의 동생, 가브리엘입니다. 나이첼의 죽음으로 스스로 카브라의 종이 되어 저희와 맞선 자입니다.]

[그런 녀석이 뎀로스를 들고있는 너를 발견한다면······.]

나이첼의 동생이라니?! 그럼 저자 또한 600년 전의 사람이라는 건가?

"그렇다면······."

재차 물으려 했던 아서의 시도는 성사되지 못했다.

거리를 가득 메운 사람들. 서로 이야기를 나누느라 미처 아서가 눈치채지 못한 사이, 사람들 사이에서 홀연히 흰 머리의 사내가 나타났다.

아서가 눈을 돌렸을 때 이미 그와 눈이 마주치고 말았다. 그 눈빛에 아서는 자리에서 얼어붙었다.

검은 두 눈동자. 사내의 입이 지그시 열렸다.

"그 검, 뎀로스를 돌려받겠다."

『소드 슬레이어』 제3권에 계속…

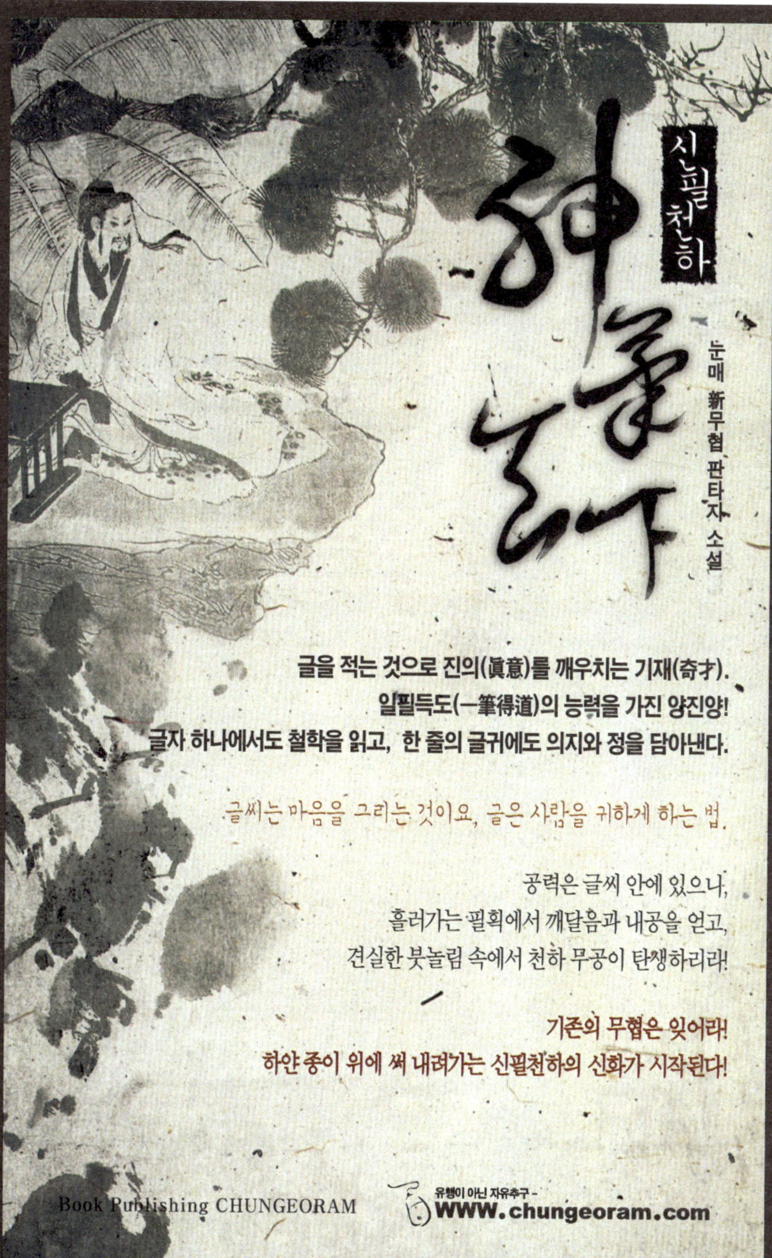

신필천하
神筆

눈매 新무협 판타지 소설

글을 적는 것으로 진의(眞意)를 깨우치는 기재(奇才).
일필득도(一筆得道)의 능력을 가진 양진양!
글자 하나에서도 철학을 읽고, 한 줄의 글귀에도 의지와 정을 담아낸다.

글씨는 마음을 그리는 것이요, 글은 사람을 귀하게 하는 법.

공력은 글씨 안에 있으니,
흘러가는 필획에서 깨달음과 내공을 얻고,
견실한 붓놀림 속에서 천하 무공이 탄생하리라!

기존의 무협은 잊어라!
하얀 종이 위에 써 내려가는 신필천하의 신화가 시작된다!

Book Publishing CHUNGEORAM

유행이 아닌 자유추구 -
WWW.chungeoram.com